Ludwig Ganghofer

Auf der Höhe

Schauspiel in fünf Aufzügen

Ludwig Ganghofer

Auf der Höhe
Schauspiel in fünf Aufzügen

ISBN/EAN: 9783743643864

Hergestellt in Europa, USA, Kanada, Australien, Japan

Cover: Foto ©Andreas Hilbeck / pixelio.de

Weitere Bücher finden Sie auf **www.hansebooks.com**

Unverkäufliches Manuscript.

Auf der Höhe.

Schauspiel in fünf Aufzügen

von

Ludwig Ganghofer.

Wien 1893.

Im Selbstverlage des Verfassers.

Unverkäufliches Manuscript.

Für sämmtliche Bühnen im ausschließlichen Debit von Dr. O. F. Eirich, Wien, I. Wipplingerstraße 29, von welchem allein das Aufführungsrecht erworben werden kann.

Der Verfasser.

Auf der Höhe.

Schauspiel in fünf Aufzügen

von

Ludwig Ganghofer.

Bühnen gegenüber Manuscript.

Wien 1893.

Im Selbstverlage des Verfassers.

Unverkäufliches Manuscript.

Personen:

(Besetzung der ersten Aufführung am Deutschen Volkstheater in Wien, 26. November 1892.)

Söllmann, Fabrikant	Herr Löwe.
Paula, dessen Tochter	Frln. Hausner.
Gregor Stark, Director in Söllmann's Fabrik	Herr Weisse.
Stephan Günther, Volontär in Söllmann's Fabrik	Herr Kutschera.
Alexander, Söllmann's Neffe	Herr Tewele.
Commerzienrath Hölder	Herr Liebhardt.
Hilda, dessen Frau	Frln. Trenk.
Sensal Fischer	Herr Meixner.
Therese, dessen Frau	Frln. Griebl.
Dr. Hildebrand	Herr Amon.
Baron Novella	Herr Broda.
Leonie, dessen Tochter	Frln. Josephi.
Christian Staudigl, Aufseher in Söllmann's Fabrik	Herr Russek.
Peter Dönning, Techniker in Hölder's Fabrik	Herr Giampietro.
Frau Petersen	Frau Berg.
Helene	Frln. Sandrock.
Franzi Klug, Stickerin	Frau Stengel
Schubert, Arbeiter in Söllmann's Fabrik	Herr Martinelli.
Sturm, Arbeiter in Söllmann's Fabrik	Herr Fischer.
Kallwasser, Arbeiter in Söllmann's Fabrik	Herr Romani.

Pley, Tischlermeister . . . . Herr Greißnegger.
Johann, Bedienter bei Söllmann . . . . Herr Weidinger

Arbeiter. Bediente.

Zeit der Handlung: Die Gegenwart.
Ort der Handlung: Eine große Stadt.

Der erste Aufzug spielt bei Fabrikant Söllmann; der zweite in Helenen's Miethwohnung; der dritte bei Söllmann; der vierte Aufzug bei Helene; der fünfte bei Söllmann.

NB. Die Rolle des „Schubert", welche hier in Wiener Dialekt geschrieben ist, soll bei jeder Aufführung des Stückes im Dialekt des Aufführungsortes gesprochen werden. Ebenso sind die Rollen der „Frau Petersen" und „Franzi Klug", des „Dönning", „Staudigl", „Sturm", „Kaltwasser" und „Pley" mit Anklang von Dialekt zu sprechen.

Unverkäufliches Manuscript.

Erster Aufzug.

Wohnzimmer bei Söllmann. Großer und tiefer Raum, luxuriös möblirt. Links zwei sehr hohe, breite Fenster; vor dem zweiten Fenster ein mit massivem Geländer umsäumter Antritt mit zwei Stufen; darauf ein kleiner Tisch, ein Fauteuil und eine mit bunten Stoffen drapirte, mit einem durchsichtigen Perlvorhang verschlossene Thüre, welche in einen kleinen Wintergarten führt. In der Mitte des Hintergrundes eine offene, breite Thüre mit Portiêren, durch welche man in das anstoßende Zimmer hinaussieht. In der Ecke rechts ein hoher Kamin; quer davor ein Tisch mit Teppich, Büchern, Journalen, Schreibzeug ꝛc. Hinter dem Tisch ein Divan, daneben ein Schaukelstuhl; vor dem Tisch zwei Fauteuils. Rechts im Vordergrund ein Tischchen mit zwei Fauteuils. Dicht unter dem Geländer des Antritts ein Divan mit kleinem Tischchen und zwei Fauteuils. Rechts eine Thüre. Consolen, Nipptische, Blumen, Spiegel, Gemälde.

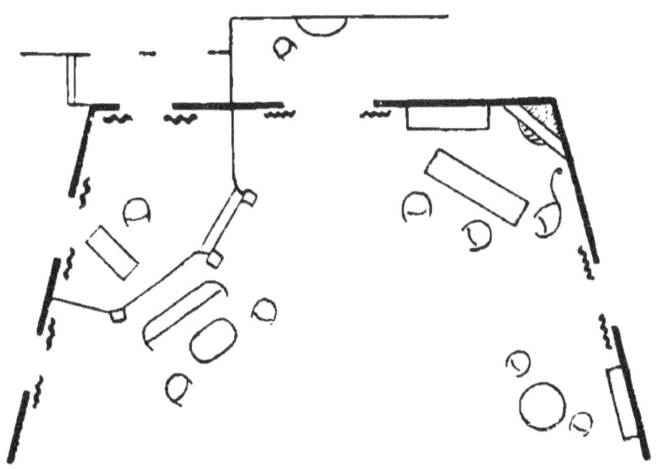

Erster Auftritt.

Söllmann. Paula.

Paula [sitzt auf dem Antritt, mit einer Stickerei beschäftigt; blickt in sichtlicher Unruhe durch das Fenster].

Söllmann [schreitet erregt auf und ab; zuweilen bleibt er horchend stehen].

Paula [schüchtern]. Papa? Solltest Du nicht lieber selbst...

Söllmann [schüttelt den Kopf, heftig]. Er hat es übernommen, jetzt soll er es auch durchkämpfen. [Greift nach einer Zeitung.]

Paula [nach kurzer Pause]. Herr Günther meinte ...

Söllmann [auffahrend]. Günther! [Schleudert die Zeitung fort.] Laß mich heute nur mit Dem in Ruhe!

Paula [nach kurzer Pause]. Papa? ... Was hast Du gegen Herrn Günther?

Söllmann [verzweifelt]. Ich bitte Dich, Paula ... laß mich doch in Ruhe!

Zweiter Auftritt.

Die Vorigen. Johann.

Johann [tritt ein, mit silberner Platte, darauf eine Flasche Bordeaux, ein Glas, Brotkörbchen und Serviette].

Söllmann. Herr Stark ist noch immer nicht zurück?

Johann. Nein, gnädiger Herr. [Stellt die Platte auf das Tischchen unter dem Antritt.] Drüben muß es noch toll hergehen. Man kann sie schreien hören ...

Söllmann [zornig]. Schweigen Sie!

Johann [erschrocken ab].

Dritter Auftritt.

Paula. Söllmann.

Söllmann [zieht die Uhr]. Wieder eine Stunde! Er muß einen schweren Stand haben. Ich kenne diese Querköpfe.

Paula. Ist es denn wirklich so unbillig, was die Arbeiter verlangen?

Söllmann. Unbillig? Sie haben ihr sicheres Brot, ich aber riskire. Ich gebe ihnen Arbeit und Verdienst ... was mir billig ist, muß ihnen recht sein. Aber es ist kein Genügen mehr in diesem Volk. Dazu wird das Feuer in der Masse noch geschürt und geblasen! Aber wenn Einer mit ihnen fertig wird, dann ist er es! Sein Wille ist Stahl, sein Muth wie Eisen.

Paula. Auch sein Herz!

Söllmann. Ach was, Herz! In seiner Stellung braucht man harten Verstand und eine eiserne Faust. [Füllt das Glas und trinkt.]

Paula [nach kurzer Pause]. Weißt Du, Papa, was mich wundert?

Söllmann. Nun? [Benützt die Serviette.]

Paula. Du bist doch sonst gegen neue Menschen so mißtrauisch . . . zum Beispiel . . . gegen Herrn Günther . . .

Söllmann. Laß mich . . .

Paula. Und zu Herrn Stark hast Du ein Vertrauen, wie . . . ich weiß gar nicht, wie! Trotz der kurzen Zeit! [Steht auf, lehnt sich über das Geländer.]

Söllmann. Jawohl! Denn ich hab' ihn ausgeprüft in diesen drei Monaten. Ich thue mir Etwas zugute darauf, daß ich ihn von der Straße aufgelesen habe, wie einen Edelstein aus dem Kehricht.

Paula. Ein Wagnis war es doch, einen Dir völlig unbekannten Menschen . . .

Söllmann [heftig unterbrechend]. Wagnis! Für meinen Geschmack hat ihn der Augenblick, in dem ich ihn kennen lernte, besser empfohlen, als ein ganzer Stoß von herrlichen Zeugnissen. Wir alle, die Arbeiter, die Constructeure und ich selbst, wir alle standen sorglos vor dem zum Springen überheizten Kessel, wir alle sahen nicht, daß die Ventile überlastet waren. Ob das ein Versehen war, oder böswillige Absicht, ich weiß es nicht . . . aber ich vermuthe das letztere. Und er allein, der Fremde, den ein Zufall in den Fabrikshof geführt hatte, er allein erkannte mit seinem scharfen Blick die Gefahr.

Paula. Ich bin überzeugt, daß Du die Gefahr im nächsten Augenblick selbst erkannt hättest.

Söllmann. Möglich! Aber als wir alle in diesem nächsten Augenblick erschrocken standen und gelähmt, da ist er es gewesen, der mich zurückriß, der auf den Sockel des Kessels sprang, mit Gefahr seines eigenen Lebens die Gewichte von den überlasteten Hebeln riß und mit beispielloser

Kühnheit die drohende Explosion noch in letzter Secunde verhütete. Daß ich mir nach einem solchen Beweis von Muth und Scharfblick den Menschen etwas näher betrachtete, ist wohl begreiflich. Mich störte der schlechte Rock nicht, den er trug, und es störte mich nicht, als ich erfuhr, daß dieser Mensch seit Jahren einen bitteren Kampf um seine Existenz führte. Ich sah ihm ins Auge, in seinen Kopf! Und ich wußte, was ich an ihm gewann!

Paula [trotzig]. Deine Geschäftsfreunde waren aber doch anderer Meinung.

Söllmann. Natürlich, meine guten Freunde! Damals, als sie von dem neuen Aufseher und vier Wochen später von dem neuen Director hörten, da lachten meine biederen Concurrenten zu meinem „Schwabenstreich“! Und heute? Heute beneiden sie mich um ihn . . . alle! Und daß ich ihn emporgehoben habe . . . er dankt es mir auch. Jeder Gedanke, der seinem klugen Kopf entspringt, ist ein Calcül für meinen Vortheil . . .

Paula. Nur für Deinen Vortheil?

Söllmann. Soweit es anständig ist, denkt er auch an seinen eigenen Nutzen . . . und das gefällt mir an ihm.

Paula. Mir nicht!

Söllmann. Ach was! Mit Idealisten und Schwärmern kommen wir nicht weit im Geschäft! An ihm ist Alles praktische Vernunft, Entschlossenheit und Wille . . . an ihm ist Etwas von meinem eigenen Holz, und das hat ihm mein Vertrauen gewonnen . . .

Paula [den Antritt verlassend]. Papa, diesen Vergleich duld' ich nicht!

Söllmann. So?

Paula. Ja! Dazu bist Du mir zu lieb! Herr Stark aber . . . mir wird in seiner Nähe immer so beklommen zu Muth!

Söllmann [trinkt und lacht]. Beklemmungen! Du bist ein Mädchen . . . und er ist ein Mann! [Geht auf und ab.]

Paula [folgt ihm]. Es liegt Etwas um ihn her wie ein Geheimnis!

Söllmann. Unsinn!

Paula. Er scheint sehr ungerne von seiner Vergangenheit zu sprechen!

Söllmann. Was kümmert mich seine Vergangenheit! Ich brauche seine Gegenwart, brauche sie in diesen verwünschten Tagen nothwendiger als je!

Paula [trotzig]. Wer weiß, Papa, ob diese bösen Tage überhaupt gekommen wären . . . ohne ihn!

Söllmann [bleibt stehen]. Wieso?

Paula Es heißt, daß er die Arbeiter drücke, zu viel verlange . . .

Söllmann. Davon verstehst Du nichts! [Geht auf und ab.]

Paula [vertritt ihm den Weg]. Aber auch Herr Günther sagte . . .

Söllmann [heftig]. Günther! Günther! Laß mich in Ruhe mit diesem Günther! Er versteht Nichts . . er hat Nichts zu sagen.

Paula. Papa!

Söllmann [erregt]. Er kommt . . . endlich!

Vierter Auftritt.

Die Vorigen. Alexander.

Alexander [tritt ein]. Guten Tag, Onkel! Guten Tag, Paulchen! [Legt den Hut ab und küßt Paula's Hand.] Wie nett, daß ich Euch beide so schön zu Hause treffe!

Söllmann [ärgerlich]. So? Na ja! Wenn es nur Dir Vergnügen macht! Mich wirst Du entschuldigen . . . ich habe dringende Geschäfte. [Ab nach rechts.]

Fünfter Auftritt.

Paula. Alexander.

Alexander. Onkelchen scheint ja in sehr guter Laune zu sein? Na, da war es recht vernünftig von ihm, daß er uns allein ließ. Ich habe Dir Etwas zu erzählen. Ich sage Dir:

ich habe jetzt gerade eine Enttäuschung erlebt . . . entsetzlich!

Paula [hat ihre Stickerei vom Antritt geholt und nimmt auf dem Divan Platz]. Schon wieder?

Alexander. Ja! Und Du weißt, wie so etwas wirkt auf mich . . . niederschlagend! [Läßt sich in den Fauteuil fallen.] Denke Dir, als ich die Kaiserstraße heraufging, sah ich auf etwa zwanzig Schritte vor mir eine Gestalt . . . entzückend, geradezu entzückend! Der schlanke Wuchs einer Hebe, der Gang einer Elfe . . .

Paula [ihn nachahmend]. Jede Bewegung von einer Grazie . . .

Alexander [verzückt]. Ach, Paulchen!

Paula. Du hast sie natürlich angesprochen?

Alexander [erstaunt]. Paulchen, Dein Verstand geht ins Fabelhafte.

Paula. Und sie hat Dich abgewiesen?

Alexander [verblüfft]. Woher weißt Du das?

Paula [lächelnd]. Ich hätt' es doch auch gethan!

Alexander [nach kurzem Zögern]. Nein! Das glaub' ich nicht! So grausam kannst Du nicht sein!

Paula. Meinst Du?

Alexander. Du lächelst? Ach wenn Du wüßtest . . . Aber laß Dir erzählen. Also, ich spreche sie an. Sie bleibt stehen, nicht erschrocken, nur so ein ganz klein wenig verwundert . . . und nur so zur Hälfte wendet sie mir das Gesicht zu. Ein Gesicht, Paulchen, ein Gesicht! Schmal, hager, von durchsichtiger Blässe. Ein Mund, so fein gezogen, wie eine kleine, rothe Linie. Und Augen! Zwei Augen! Und mit diesen Augen schaute sie mich an . . . Und weißt Du, was sie sagte?

Paula. Nun?

Alexander. Nichts! Und dann ging sie weiter, ruhig, ganz ruhig, als wäre nicht das Mindeste geschehen. Und ich stand da . . .

Paula. Begossen . . .

Alexander. Das ist das richtige Wort! Begossen! Ich hab' es gesucht, aber nicht gefunden! Und nun sage, Paulchen! Ist es nicht empörend? Wie kann man einem hoffnungsfreudigen Gemüthe so begegnen! [Mit schmerzlichem Pathos.] Und ich dachte schon ... ich träumte! Sie hat mir den Anlauf zu einer schönen Erinnerung gründlich verdorben.

Paula [halb ernst, halb lachend]. Alex! Alex! Nun hast Du bald das Schwabenalter erreicht, und noch immer willst Du nicht vernünftig werden. Lache nicht ... es ist die höchste Zeit ... man muß für Dich eine ernste Beschäftigung suchen ... einen Beruf!

Alexander [würdevoll]. Oh, ich habe meinen Beruf.

Paula. Du? Da bin ich wirklich neugierig! Was bist Du?

Alexander. Sammler.

Paula. Ah! Und was sammelst Du?

Alexander [schwärmerisch]. Schöne Erinnerungen!

Paula. Und da heiratest Du nicht?

Alexander. Heiraten?! Aber Paulchen! Ich sagte Dir doch, daß ich nur schöne Erinnerungen sammle. Und eine Ehe ... selbst die glücklichste ... könnte für mich erst zur schönen Erinnerung werden ...

Paula [entsetzt]. Nach dem Tode Deiner Frau!

Alexander. Richtig!

Paula [springt auf]. Abscheulich! [Steigt auf den Antritt, wie um Etwas vom Nähtisch zu holen.]

Alexander [steht auf]. Weshalb abscheulich? Ich glaube vielmehr, es ist die höchste Galanterie, wenn ich ...

Paula [hat aus dem Fenster geblickt, hastig]. Papa! [Eilt zur Thüre rechts und ruft hinein.] Papa! Er kommt, er kommt!

Alexander [verblüfft]. Ja was ist denn los?

Paula. Ach, Papa hat schwere Sorgen ... Unruhen in der Fabrik ...

Alexander [erschrocken]. Was!

Paula. Weshalb erschrickst denn Du?

Alexander. Erlaube mir, bei solchen Gelegenheiten kann man sich ja die unangenehmsten Erinnerungen zuziehen!

Sechster Auftritt.

Die Vorigen. Johann. Söllmann. Gregor.

[Die ganze Scene soll sich in fliegender Eile abspielen]

Johann [hastig durch die Mitte]. Da ist der Herr Director! [Ab nach Gregor's Eintritt.]

Söllmann [von rechts]. Wo ist er? Wo ist er?

Gregor [tritt ein, ohne Hut, mehrere Schriftstücke in der Hand; ein Mann inmitte der Dreißiger, moderner Kopf, dunkles Haar, vornehme, stramme Erscheinung; er grüßt Paula durch eine Verbeugung, wobei er sie mit einem leidenschaftlichen Blick überfliegt].

Söllmann [eilt mit ausgestreckten Händen auf ihn zu]. Stark! Endlich! Nun? Wie steht es drüben? [Rüttelt ihn am Arme.] Sprechen Sie! Was haben Sie zustande gebracht?

Gregor [mit ruhigem Lächeln]. Alles.

Söllmann. Alles? Aber das ist ja unmöglich! Nach all' diesem Aufruhr!

Gregor. Unmöglich? [Deutet nach dem Fenster.] Alle Werke sind in Gang, alle Hämmer in Betrieb, jeder Ofen raucht... sie Alle, ohne Ausnahme, haben die Arbeit wieder aufgenommen!

Söllmann. Unter welcher Bedingung?

Gregor. Bedingung? Ich habe ihnen die Lust vertrieben, Bedingungen vorzuschreiben.

Söllmann. Herr, wie haben Sie das zuwege gebracht?

Gregor [kühl]. Ich habe sie vor die Wahl gestellt, entweder bedingungslos die Arbeit wieder aufzunehmen oder brotlos zu sein von der nächsten Stunde an ... Alle!

Söllmann. Und Sie wußten, was für mich auf dem Spiel stand! Gerade jetzt! Wenn dieser drohende Strike mich verhindert hätte, meine zahlreichen Verpflichtungen einzuhalten, ich hätte Tausende und Tausende verloren, mein ganzes Unternehmen wäre wankend geworden.

Gregor. Gerade weil ich es wußte, mußte ich zu dem äußersten Mittel greifen.

Söllmann. Stark! Stark! Sie haben ein gewagtes Spiel getrieben!

Gregor [ruhig]. Aber ich hab' es gewonnen! Und nicht ohne Rechnung! Sie hätten den Strike ohne Mittel beginnen müssen, ohne Beistand von Seite der anderen Fabriken. Das haben sich die Verheirateten denn doch überlegt. Ihre Familie, das war meine beste Hilfe in diesem Kampf. Und ich hab' ihn gewonnen, ohne daß es meines besten Schwertstreiches bedurft hätte.

Söllmann. Was meinen Sie damit?

Gregor. Hier, lesen Sie! [Reicht ihm einen Bogen.]

Söllmann [liest in steigender Erregung].

Paula [im Vordergrund links, für sich]. Die Familie! Wie kann er dieses Wort nur über die Lippen bringen!

Alexander [im Vordergrund rechts]. Ein großartiger Mensch!

Söllmann [auffahrend]. Stark! Wie kommen Sie zu diesem unbezahlbaren Blatt?

Gregor. Nach den gestrigen Auftritten mußte ich vermuthen, was der heutige Tag bringen würde. Und als am späten Abend Aufseher Staudigl kam und mir die Bedingungen verrieth, die man uns heute stellen wollte, da war es an der Zeit, zu handeln. Ich warf mich in einen Wagen ... vom Abend bis zum frühen Morgen war ich auf der Fahrt, von einem Arbeitgeber zum anderen ... ich habe ihnen vorgestellt, was auch für sie auf dem Spiele steht; was uns heute geschieht, kann ihnen morgen geschehen ... und ich verstand es, sie zu überzeugen ... sie alle haben durch Unterschrift erklärt, keinem unserer Leute, der die Fabrik nicht unter normalen Verhältnissen verläßt, Arbeit und Verdienst zu geben.

Söllmann. Das ist Ihnen gelungen! Aber was gelingt Ihnen nicht!

Gregor. Es muß noch mehr geschehen. Vor Allem muß da drüben gesäubert werden. Sturm, Kallwasser und noch ein paar Andere müssen fallen.

Paula [schüchtern]. Papa, ich bitte Dich ...

Söllmann [zu Gregor]. Ja, ja, das liegt wie die Lunte am Pulverfaß . . . aber es sind meine besten Arbeitskräfte.

Gregor. Wir können sie entbehren. Ich habe gestern die neuen Maschinen geprüft, sie leisten das Doppelte bei halber Bedienung.

Söllmann. In all' dieser Aufregung fanden Sie noch Zeit zur Arbeit? . . . Wahrhaftig, mich wundert nur Eines . . . [Sieht ihm forschend in die Augen.] daß Ihnen bis zur Stunde noch keiner meiner Herren Concurrenten den Antrag stellte, mich zu verlassen.

Gregor. Wer sagt Ihnen, daß es nicht geschah?

Söllmann [erschrocken]. Stark!

Gregor [lächelnd]. Ohne Sorge, Herr Söllmann! Ich bin und bleibe der Ihrige. [Streift Paula mit einem leidenschaftlichen Blick.]

Söllmann [reicht ihm die Hand]. Dieses Wort will ich mir merken. Aber nun kommen Sie, wir wollen Alles in Ruhe überlegen und besprechen. [Nimmt Gregor's Arm.] Ich will nicht gestört sein, Paula, von Niemand! [Will zur Thüre rechts gehen, bleibt stehen, lächelnd zu Paula.] Nun? Wer hat Recht . . . ich mit meinem hellen Blick . . . oder Du mit Deiner dunklen Ahnung! Du Närrchen! [Klopft ihr die Wange, lacht, wendet sich zu Gregor.] Kommen Sie, lieber Stark, kommen Sie! [Ab nach rechts.]

Gregor [blickt, während Söllmann ihn fortzieht, zu Paula zurück].

Paula [wirft den Kopf zurück und wendet sich unwillig ab].

Siebenter Auftritt.

Paula. Alexander.

Alexander [pathetisch ausbrechend]. Ach, wie beneide ich diesen Mann! Wenn ich geleistet hätte, was er geleistet hat, ich würde diesen Tag zu meinen schönsten Erinnerungen zählen!

Paula [mit Geringschätzung]. Nun, eine solche Erinnerung kannst Du Dir ja leicht verschaffen. [Die Arbeit aufnehmend.] Mache Dein Herz zu Stein, Deine Fäuste zu Eisen, und dann fall' über wehrlose Menschen her!

Alexander. Erlaube mir, das ist denn doch eine merkwürdige Auffassung! Ich meine, Du solltest von Herrn Stark in etwas anderen Worten . . . [Mit verwandeltem Ton.] Oh, allerliebst! Das scheint ja für eine Cigarrentasche bestimmt? Erlaube?

Paula [sucht die Stickerei zu verbergen.] Laß . . . laß . . . ich bitte!

Alexander [lachend]. Oh, ich ahne Alles! Ein Geburtstag in Sicht? Aber ich werde schweigen, wie das Grab! Ich schwöre!

Achter Auftritt.

Die Vorigen. Günther.

Günther [tritt ein mit einer Mappe].

Paula [deckt hastig, verlegen, die Frühstücksserviette über die Stickerei].

Alexander. Ah, Stephan! Guten Tag! Wie geht's?

Günther. Ich danke! . . . Vergebung, Fräulein! . . . Ich finde wohl Ihren Herrn Papa in seinem Zimmer?

Paula. Nein, Herr Günther! [Geht auf ihn zu.] Sie müssen sich schon mit unserer Gesellschaft begnügen.

Günther [zu ihr aufblickend]. Begnügen?

Paula. Papa ist nicht zu sprechen.

Günther. Ich bitte, ich habe wichtige Correspondenzen vorzulegen.

Alexander. Hilft nichts, mein Junge. Papa Söllmann hat strikten Befehl ertheilt . . . [Auf Paula deutend.] Hier siehst Du vor seiner Thür den lieblichsten aller Cerberusse! Hat zwar nur einen Kopf, kann aber drei Köpfe auf einmal verdrehen.

Günther [verwirrt]. Herr Söllmann ist wirklich nicht zu sprechen? Und ich bringe eine so gute Nachricht.

Paula. Darf man erfahren?

Günther. Wir haben in der Concurrenz um die großen Staatslieferungen den Sieg erfochten.

Paula [jubelnd]. Ach, wie Papa sich freuen wird! Das hat ihm ja seit Wochen schlaflose Nächte gemacht! [Reicht Günther die Hand.] Sie sind doch wirklich ein lieber Mensch! Sie kommen nie ohne gute Nachricht!

Günther [bewegt]. Ich wollte, es wäre so!

Alexander. Nicht sentimental, mein Junge! Komm, laß uns plaudern. [Nimmt seinen Arm.] Hier, Paulchen . . . in diesem vielversprechenden jungen Mann siehst Du die lebendigste meiner schönen Erinnerungen: so oft ich mich seiner erinnere, hab' ich eine echte, rechte Freude! So war ich auch einmal!

Paula. Ein vielsagendes Compliment!

Neunter Auftritt.

Die Vorigen. Söllmann.

Söllmann [erscheint unter der Thüre rechts]. Alexander?

Alexander. Ja?

Söllmann. Bist Du mit Commerzienrath Hölder bekannt?

Alexander. Ja. Weshalb?

Söllmann. So komm einen Augenblick.

Paula. Papa! Herr Günther . . .

Söllmann. Habe keine Zeit! [Zu Alexander.] Komm! [Ab.]

Alexander. Na, da bin ich neugierig. [Ab nach rechts.]

Paula. Gott sei Dank! Jetzt sind wir allein! Kommen Sie, Herr Günther, erzählen Sie mir Alles! Alles! Wie war es drüben? [Setzt sich am Tische links.]

Günther. Es war eine böse Stunde! [Will die Serviette beiseite schieben, um die Mappe auf den Tisch zu legen; setzt sich.]

Paula [springt auf, erschrocken]. Was machen Sie da? [Rafft die Stickerei an sich und verbirgt sie hinter dem Rücken.]

Günther [erhebt sich betroffen].

Paula [schelmisch]. Das dürfen Sie nicht sehen . . . Sie nicht! [Geht zum Antritt und verwahrt die Stickerei.]

Günther [unsicher]. Verzeihen Sie, Fräulein . . .

Paula [kehrt zurück]. Sind Sie mir böse?

Günther. Weshalb? Wie könnte ich? . . .

Paula [herzlich]. Ich habe keine Geheimnisse vor Ihnen . . . [Wichtig.] nur dieses eine! [Lacht, dann mit sprudelndem Geplauder.] Aber nun erzählen Sie mir! Wie war es drüben? Vor einer Stunde noch dieser entsetzliche Scandal . . . und jetzt! Alles ruhig! Wie hat er es nur zuwege gebracht? [Sie setzen sich.]

Günther. Kaum begreif' ich es selbst! Alles war in solchem Aufruhr, es hatte jeden Augenblick den Anschein, als müßte es zu bösen, blutigen Scenen kommen. Sie wissen, daß ich die Principien des neuen Directors nicht immer zu theilen vermag . . .

Paula [energisch]. Ich auch nicht! In mir ist Etwas, das mich warnt vor diesem Menschen.

Günther. Ich habe kein Recht, irgend ein persönliches Gefühl gegen meine Vorgesetzten geltend zu machen . . .

Paula. O ja! Er zeigt Ihnen auch offen und deutlich, wie wenig er . . . [Stockt.]

Günther. Wenn er zeigen will, was Sie meinen, muß ich es eben ertragen.

Paula [ungestüm]. Er sucht Sie zu demüthigen, ja, ja, mit Absicht zu verletzen . . . ich hab' es gefühlt . . . nicht einmal nur! Sagen Sie mir, Herr Günther, . . . Sie sind doch eigentlich kein Beamter meines Vaters, Sie sind frei, Ihr eigener Herr . . . weshalb bleiben Sie neben ihm?

Günther [betroffen]. Weshalb ich bleibe? [Sieht ihr in die Augen, mit verhaltenem Gefühl.] Vielleicht . . . weil ich Pflicht als Pflicht betrachte, Arbeit als Arbeit, auch wenn sie nicht bezahlt wird . . . vielleicht . . . weil es meinem Wesen entspricht, auszuharren, wo ich stehe.

Paula [sieht ihn mit strahlendem Lächeln an].

Günther [verwirrt]. Aber . . . ich wollte ja erzählen.

Alexander [stürmisch von rechts]. Hallelujah! Ich habe eine Mission, eine hochwichtige Mission! Da fällt für mich eine Erinnerung ab, eine prächtige Erinnerung! [Rafft seinen Hut auf.] Adieu! Adieu! [Hastig ab durch die Mitte.]

Zehnter Auftritt.

Paula. Günther.

Paula [fährt sich mit der Hand über die Stirne, leise]. Sie wollten erzählen . . .

Günther [schwer seine Fassung gewinnend]. Wenn ich von einem Gegensatz zwischen mir und Herrn Stark gesprochen habe, so meinte ich nur den Gegensatz unserer geschäftlichen Anschauungen ... und ich war auch in diesem Zwiste mit den Arbeitern nicht seiner Meinung.

Paula. Ich auch nicht! Nein! Ich bin immer Ihrer Meinung!

Günther. Und doch ... in der vergangenen Stunde hab' ich diesen Mann bewundern müssen.

Paula [spottend]. Ihn! Und bewundern!

Günther. Ja, seinen tollkühnen Muth, seine eiserne Entschlossenheit! Er stand wie eine Säule inmitten dieses Sturmes, keine Schmähung brachte ihn aus der Fassung, keine drohend erhobene Faust machte seine Wimper zucken. Und als ich schon fürchtete, sie würden über ihn herfallen und ihn zerreißen mit ihren rußgeschwärzten Händen, da hatte er den Muth, ihnen zuzurufen: Beugt die störrigen Nacken oder seid Bettler!

Paula [in Angst und Spannung]. Und was geschah?

Günther. Sie erhoben ein wildes Geschrei, dann plötzlich wurden sie stille ... mit finster blitzenden Augen stand er vor ihnen ... sie begannen zu flüstern, mit erblaßten Gesichtern schauten sie einander an ... und da hatte er gewonnen. Es war ein Sieg ... ob ein guter? [Springt auf.] Er hätte das verwegene Spiel nicht gewonnen, schlüge nicht ein Herz in diesen Menschen, hätten sie nicht ihres Elends vergessen und an Weib und Kind gedacht.

Paula [stammelnd]. Aber das ist ja entsetzlich!

Günther. Mir hat das Herz geblutet, aber ich mußte schweigen ... [Leise.] um Ihres Vaters willen!

Paula [steht auf]. Aber ich will sprechen! Und ich will doch sehen, ob meinem Vater das Wort seines Kindes weniger gilt, als das Wort dieses Fremden. Wenn erst wieder Alles ruhig ist ...

Günther. Ich fürchte nur, daß diese Ruhe nicht lange dauern wird.

Paula [erschrocken]. Sie glauben ...

Günther [zuckt die Schultern].

Paula. Die Arbeiter werden nicht ruhig bleiben?

Günther. Sie können es nicht! Man hat sie heute nur überrumpelt ... ihre Existenz ist eine unmögliche! Und sie können nicht vergessen, daß Alles besser war ... früher ... bevor Er gekommen ist. Und zu allen Neuerungen, die er brachte, noch diese grausamen Strafgelder, die er mit schonungsloser Strenge dictirt ... und es hängt doch ihr Blut an jedem Kreuzer, der ihnen genommen wird.

Paula [ist zu ihm getreten, angstvoll zu ihm aufblickend].

Günther. Mich erbarmen diese Menschen! Und sie wären doch eines besseren Looses werth ... ihre Art ist wild und rauh, aber ihre Herzen sind gut und treu. [Läßt sich vor dem Mitteltisch in einen Fauteuil sinken.]

Paula [tritt an seine Seite]. Und ist keine Hilfe?

Günther. Ach, wer sie bringen dürfte! Was wäre nicht aus solchen Menschen zu machen, mit freundlicher Hand, mit gutem Willen. Wär' es doch mir gegeben, daß ich Hunderte und Hunderte zu führen hätte! Es wäre meine reinste Freude, all' diese Menschen zu einem freundlichen Dasein heranzuziehen ...

Paula [mit fortgerissen]. Ja, ja ...

Günther ... ihre Existenz zu einer menschenwürdigen zu gestalten! Wie wollt' ich mich sorgen um ihr Wohl und Wehe ...

Paula [hat den nebenstehenden Fauteuil eingenommen]. Und ich würde Ihnen helfen ... oh, Sie sollten sehen, wie treu ich Ihnen zur Seite stünde.

Günther. Kein Kummer, der den Einzelnen drückt, wäre mir zu gering für meine Zeit ...

Paula. Und ihre Frauen würden zu mir kommen, mir ihre Sorgen klagen, ihre kleinen Leiden ...

Günther. Ich würde ihnen die Arbeit zur Freude machen, indem ich ihnen Antheil gebe am Gewinn.

Paula. Und ich würde in freien Stunden ihre kleinen Häuschen besuchen ...

Günther. Würde sorgen, daß sie einen Zehrpfennig sammeln für ihre späteren Tage . . .

Paula. Würde nachsehen, ob sich der kleine Haushalt hübsch und sauber hält . . .

Günther. Ich würde Kranken- und Unterstützungscassen errichten . . .

Paula. Und ich darauf achten, daß ihre Kinder fleißig zur Schule gehen . . .

Günther. Ja, ja . . .

Paula. Und wenn am Ende des Jahres all' diese kleinen Knirpslein ihre Zeugnisse brächten, und ich dürfte sie loben und beschenken . . . und die Väter und Mütter stünden dabei, glückselig und lachend . . . ach, wie herrlich, wie herrlich!

Günther. Ja, ja . . .

Paula. Wir Beide würden uns immer über Alles besprechen, nicht wahr?

Günther. Natürlich!

Paula. Wir haben ja auch genügende Zeit dazu, trotz all' der vielen, vielen Arbeit . . . Mittags bei Tische . . .

Günther. Ja, gewiß . . . und dann am Abend . . .

Paula. Am Abend . . . ach! Wie denk' ich mir das so schön und gemüthlich . . . solch ein Abend nach solch' einem arbeitsfrohen Tag! Man ruht sich aus, man plaudert, erzählt sich seine Sorgen und Freuden . . . dazu knistert das Feuer, die Lampe brennt, es ist so warm und wohlig in unserem lieben, behaglichen Heim, und . . . und . . . [Erschrocken verstummt sie und preßt die zitternde Hand auf die Lippen; beider Blicke begegnen sich und halten sich gefesselt; das erwachende Verständnis verräth sich in ihren Mienen, plötzlich springen sie auf.]

Günther [in überquellendem Gefühl]. Fräulein Paula?

Paula [steht zitternd und bedeckt das Gesicht mit beiden Händen].

Günther. Paula?

Elfter Auftritt.

Die Vorigen. Gregor.

Gregor [tritt auf; betroffen, kühl]. Herr Günther? Sie hier?

Günther [seine Erregung bezwingend]. Ich habe die Post gebracht.

Gregor. Wurde Ihnen nicht gesagt, daß der Chef nicht zu sprechen ist?

Paula [gereizt]. Ich pflege die Aufträge zu besorgen, die Papa mir gibt.

Gregor. Vergebung, Fräulein ... und ... Herr Günther hat es vorgezogen, hier zu plaudern ... in dieser Stunde ... in welcher drüben keine Hand zu entbehren ist?

Günther [macht einen Schritt gegen Gregor].

Paula [tritt unruhig näher].

Günther [bezwingt sich, wendet sich langsam ab, nimmt die Mappe vom Tisch, verbeugt sich gegen Paula und will zur Thüre].

Paula. Bleiben Sie, Herr Günther! Papa soll erfahren, weshalb Sie gekommen sind. [Ab nach rechts.]

Zwölfter Auftritt.

Gregor. Günther.

Gregor [blickt Paula nach, lächelnd zu Günther]. Sie haben da eine warme Beschützerin geworben.

Günther. Ich verstehe mich selbst zu schützen, wo ich eine Abwehr für nöthig halte.

Gregor. So stolz? [Wendet sich ab.]

Dreizehnter Auftritt.

Die Vorigen. Paula.

Paula [tritt ein]. Herr Günther . . . Papa erwartet Sie.

Günther [geht mit festem Blick an Gregor vorüber; vor der Thüre zögert er, zu Paula aufblickend, welche vor ihm die Augen senkt; ab].

Vierzehnter Auftritt.

Gregor. Paula. Johann.

Paula [drückt auf eine Glocke, geht an Gregor vorüber zum Antritt].

Gregor [für sich]. Sie übersieht mich . . . oh, das ist ein Fortschritt!

Johann [tritt ein]. Gnädiges Fräulein!

Paula [die Stickerei verpackend]. Bitte, tragen Sie diese Rolle in das Stickereigeschäft in der Kaiserstraße. Ich wünsche das Monogramm in feiner Goldstickerei ausgeführt. Aber bis morgen Früh muß ich die Arbeit wieder zurück haben. Hören Sie! Morgen Früh . . . bestimmt!

Johann. Gut, Fräulein! [Ab mit der Stickerei.]

Paula [wendet sich zu Gregor]. Oh, Herr Director! [Spöttisch.] Ich vermuthete Sie bereits in der Fabrik . . . in dieser Stunde . . . in welcher drüben keine Hand zu entbehren ist?

Gregor. Keine Hand . . . richtig! Aber Sie vergessen . . . ich bin der Kopf!

Paula. Ach ja, der Kopf . . . den Sie heute so muthig aufgesetzt haben.

Gregor. Sie waren mit mir zufrieden?

Paula. Papa ist es . . . das genügt Ihnen wohl!

Gregor. Was ich für Ihren Vater thue . . . geschieht es nicht auch für Sie?

Paula [ablehnend]. Für mich?

Gregor. Und da hab' ich wohl ein Recht, über den Erfolg dieses Tages auch Ihre Meinung zu hören.

Paula [gereizt]. Meine Meinung? [Schüttelt den Kopf.] Aber nein! Wozu! Papa liebt es ja nicht, wenn ich mich in geschäftliche Dinge mische. [Mit einer kühlen Verbeugung ab in den Wintergarten.]

Gregor [lächelnd]. Schon gereizt! Das ist wieder ein Erfolg! Und meine Leidenschaft ist geduldig. Und hörst Du, Mädchen, ich will! Noch einen Schritt, dann steh' ich auf der Höhe . . . und Deine Hand soll mich halten!

Fünfzehnter Auftritt.

Gregor. Söllmann. Günther.

Söllmann [von innen]. Stark! Lieber Stark! [Tritt auf,

ein Schreiben emporhaltend.] Wir haben gesiegt! Hier! Lesen Sie! [Reicht ihm das Blatt.] Das ist mehr als ein Erfolg! Für mein Unternehmen ein Triumph!

Günther [tritt ein].

Gregor [faltet lächelnd das Blatt zusammen]. Nicht mehr, als ich erwartete.

Söllmann [legt die Hand auf seine Schulter]. Und wem dank' ich diesen neuen Erfolg?

Gregor. Dem guten Ruf Ihres Unternehmens.

Söllmann. Nein, Gregor, dieser Erfolg ist Ihr Werk, Ihr Werk allein! Und das soll Ihnen nicht vergessen sein, nicht dieser heutige Tag, nicht diese letzte Nacht! Ich will . . . [Gewahrt Günther.] Herr Günther? Sie noch hier? Aber Sie kommen mir gerade gelegen! Lieber Gregor! Hier vor diesem Zeugen erklär' ich Ihnen: Sie sind von heute an nicht mehr mein Director . . .

Günther [blickt verwundert auf].

Gregor [betroffen]. Herr Söllmann... ich verstehe nicht...

Söllmann . . . sondern Theilhaber meines Geschäftes.

Gregor [seine Freude gewaltsam unterdrückend]. Herr Söllmann!

Söllmann. Sie können gehen, Herr Günther! Lassen Sie mir den Notar rufen, um den Vertrag zu schließen.

Günther [ab].

Gregor [blickt ihm mit spöttischem Lächeln nach].

Söllmann. Ich hoffe, Sie sind mit mir zufrieden, wie ich es mit Ihnen war. [Reibt die Hände, geht auf und ab]

Gregor [für sich, entschlossen]. Jetzt oder nie! [Laut, sicher.] Herr Söllmann! Es liegt nicht in meiner Natur, ein Gefühl des Dankes in strömenden Worten auszugießen.

Söllmann Verlang' ich auch gar nicht! Sie sind der Meinige, ich habe damit ein gutes Geschäft gemacht . . . fertig!

Gregor. Was ich Ihnen geleistet, haben Sie in dieser Stunde fürstlich gelohnt . . . und doch . . . mir wäre lieber, es wäre nicht geschehen.

Söllmann [verdutzt]. Wieso? Was heißt das?

Gregor. Ich bin nicht bescheiden. Ja, ich habe mehr gethan, als nur meine Pflicht.

Söllmann. Richtig.

Gregor. Nicht nur meine Arbeit ... Herz und Kopf, all' mein Denken und Sinnen, mein Leben hab' ich in Ihren Dienst gestellt. Und weshalb ich es that? Nicht aus Ehrgeiz, nicht aus romantisch übertriebenem Pflichtgefühl ... ich that es unter dem treibenden Zwang einer stolzen Hoffnung.

Söllmann. Ich verstehe Sie nicht! Heraus mit der Sprache!

Gregor [scheint mit sich zu kämpfen, nach kurzer Pause, mit einem raschen Schritt gegen Söllmann]. Ich liebe Ihre Tochter!

Söllmann. Herr ... das war viel gesagt!

Gregor. Ich weiß es.

Söllmann. Und ich ... so denken Sie wohl ... ich soll die Nutzanwendung auf dieses Geständnis machen?

Gregor. Nein, Herr Söllmann ... ich bin ja abgelohnt.

Söllmann [ärgerlich]. Abgelohnt! Ach was, abgelohnt! [Geht auf und ab.] Er liebt meine Tochter! Nicht übel ... gar nicht übel! [Bleibt vor Gregor stehen, mustert ihn vom Kopf bis zu den Füßen, wendet sich kurz ab und geht wie in grübelnden Gedanken hastig auf und ab.]

Gregor [verfolgt ihn mit forschenden Blicken].

Söllmann [plötzlich stehen bleibend]. Gregor! Nehmen Sie mir dieses verletzende Schweigen nicht übel. Aber in dieser stummen Minute hab' ich mich mit dem Gedanken vertraut gemacht, Sie meinen Sohn zu nennen!

Gregor [aufathmend]. Herr Söllmann!

Söllmann [halb ärgerlich]. Bleibt mir vielleicht etwas Anderes übrig? Wenn ich Sie unter solchen Umständen halten will, dann muß ich zu meinem Ja noch Amen sagen. Und ... [Freundlicher werdend.] ich will es gestehen ... je länger ich mir die Sache überlege, desto mehr leuchtet sie mir ein.

Gregor [ausbrechend]. Sie gestatten, daß ich um Fräulein Paula werbe?

Söllmann. Werben? Was heute nicht wird, das wird

morgen auch nicht. Ich bin ein Mann von kurzen Entschlüssen ... [Er geht zur Thüre des Wintergartens.]

Gregor [fährt auf]. Herr Söllmann ... ich bitte Sie ... das wäre verfrüht!

Söllmann [ruft in die offene Thüre]. Paula!

Sechzehnter Auftritt.

Die Vorigen. Paula.

Paula [von innen]. Ja, Papa?

Söllmann. Ich bitte!

Gregor [macht eine erregte Bewegung, als wollte er noch einmal sprechen, dann wirft er entschlossen den Kopf zurück und steht mit leisem Lächeln inmitten der Bühne].

Paula [tritt ein]. Papa?

Söllmann. Komm her, mein Kind, ich habe mit Dir zu reden. [Er schlingt ihren Arm in den seinen und führt sie zum Tische]. Komm ... setze Dich ... hier! [Er zieht sie auf den Fauteuil nieder und nimmt den nebenstehenden Fauteuil ein.]

Paula [zögernd]. Papa? [Blickt langsam zu Gregor auf.]

Söllmann [Paula's Hände fassend]. Sieh, mein Kind ... ich fühl' es wohl, daß es mir schwer wird, die richtigen Worte zu finden. Ja, wenn die Mutter noch lebte! Sie würde Dich in ihre Arme nehmen und mit Dir reden, wie es eben nur eine Mutter versteht. Aber wir haben sie verloren, viel zu früh, als es gut war ... für Dich ... und für mich!

Paula. Papa! [Sie will sich erheben.]

Söllmann. Bleib', Paula!

Paula. Ich wollte Dir nur sagen, Papa, daß wir nicht allein sind.

Gregor. Gestatten Sie, Herr Söllmann ...

Söllmann. Nein, Gregor, Sie haben ein Recht zu hören, bleiben Sie!

Paula [sieht mit ängstlichen Blicken bald auf ihren Vater, bald auf Gregor].

Söllmann. Und Dir, Paula, will ich Eines sagen. Mein altes Leben hat noch zwei Empfindungen, die mich in tiefster Seele erfüllen. Die eine ist der Ehrgeiz in meinem Geschäft, das ich aus dem Nichts emporgehoben habe zu einem Unternehmen von Weltruf ... die andere ist der Wunsch, Dich glücklich zu sehen. Aber diese beiden Empfindungen verschmelzen sich in mir, ich kann die eine von der anderen nicht trennen. Gewiß, mein Kind, wenn Du Dein Herz einem Manne zugewandt hättest, der einem anderen Berufe angehörte ... ich hätte nicht Nein gesagt ... Deinem Glück zuliebe. Doch die Freude meines Lebens wäre zerstört gewesen, ich hätte den bitteren Gedanken nicht mehr von mir gebracht, daß mein schönes, stolzes Werk in fremde Hände kommen muß, die es zerstückeln und zerstören. Aber ich weiß, Dein Herz ist frei ... und sieh', Paula ... wenn sich nun ein Mann fände, von dem ich wüßte, daß er Dir ein fester Halt im Wirbel des Lebens wäre und daß er den Glanz und Ruf meines Unternehmens noch erhöhen und steigern würde ...

Paula [aufspringend]. Und dieser Mann hat sich gefunden! Dein Herr Director hat zum Lohn für seine Dienste meine Hand von Dir gefordert?

Söllmann [mit unterdrücktem Unmuth]. Gefordert! [Steht auf.] Gregor hat sich mir erklärt ...

Paula. Und Du hast ihm meine Hand zugesagt?

Söllmann. Ja, Paula ... das heißt ... Deine Zustimmung vorausgesetzt!

Paula [aufathmend]. Ich habe freie Wahl?

Söllmann [zögernd]. Ja, mein Kind. Und ... um Dir die Sache klar zu legen ... Gregor ist von diesem Tag an nicht mehr mein Beamter, sondern Theilhaber meines Geschäftes.

Paula [blickt ihren Vater mit erschrockenem Schweigen an].

Gregor. Ich bitte, mein Fräulein, nun auch mir ein Wort ...

Paula [sich aufrichtend]. Ich danke Dir, Papa, für diese Mittheilung. Sie erleichtert mir die Antwort, die ich Herrn Stark zu geben habe.

Gregor [erregt]. Ich habe diese Antwort nicht begehrt . . . nicht heute. Um Sie werben zu dürfen, das war meine ganze Bitte.

Paula. Um mich zu werben? Weshalb?

Gregor [auf sie zutretend]. Weil ich Sie liebe!

Paula. Weshalb noch werben? Nun haben Sie ja Alles gesagt, was Sie nach jahrelangem Werben mir etwa sagen könnten.

Söllmann [verstimmt]. Hören Sie, Gregor, das war aber auch eine Liebeserklärung . . .

Paula. Aber sie hat den Vorzug der Kürze. Und ebenso kurz soll meine Antwort sein. Sie haben meine Hand begehrt . . . ich verweigere sie Ihnen.

Gregor. Fräulein!

Söllmann [gleichzeitig]. Paula!

Paula. Wenn mich nicht Alles täuscht, Papa, so hat Herr Stark eine andere Entscheidung gar nicht erwartet. [Will mit einer leichten Verneigung abgehen.]

Söllmann. Paula!

Paula [eilt auf Söllmann zu, umarmt und küßt ihn, dann hastig ab in den Wintergarten].

Zwanzigster Auftritt.

Söllmann. Gregor.

Söllmann. Zwingen kann ich sie nicht!

Gregor [lächelnd]. Zwang verlang' ich auch nicht; nur Zeit.

Söllmann. Sie hoffen auch jetzt noch?

Gregor. Ich müßte ein Anderer sein, als ich bin, wenn das übereilte Wort eines Mädchens mich hindern sollte, um das Glück meines Lebens zu kämpfen.

Söllmann [lachend]. Das Wort gefällt mir.

Gregor [tritt näher, forschend]. Solang' ich Ihrer Zusage sicher bin . . . .

Söllmann [abwehrend]. Lassen Sie nur mich jetzt aus dem Spiel. Ich habe das Meinige gethan . . . weiter bin ich machtlos.

Gregor [richtet sich auf, sein Gesicht ist verändert].

Söllmann. Und Ihnen trau' ich so viel Vernunft und Einsicht zu, daß Sie den Eigensinn meines Kindes nicht an mir und meinem Geschäfte büßen.

Gregor [trocken]. Nein, Herr Söllmann. Ihr Interesse ist ja nun doppelt auch das Meinige.

Söllmann [streckt ihm die Hand entgegen].

Gregor [schüttelt Söllmann's Hand]. Und nun will ich gehen. Drüben gibt es Arbeit in Hülle und Fülle. [Geht zur Thüre.] Hm . . . fast hätt' ich vergessen . . .

Söllmann. Was?

Gregor [nimmt einen Pack Papiere aus der Brusttasche und sucht einzelne Blätter hervor]. Aufseher Staudigl erzählte mir gestern, daß ein ähnliches Uebereinkommen, wie ich es heute Nacht mit unseren Concurrenten geschlossen habe, schon früher einmal bestanden hätte . . .

Söllmann. Ja, allerdings.

Gregor. Ich dachte mir, daß doch wohl etwas Schriftliches aus jener Zeit existiren müsse . . . und . . . verzeihen Sie meine Eigenmächtigkeit, aber die Zeit drängte . . . ich habe ein wenig im Archiv gestöbert.

Söllmann. Nun? Und?

Gregor [hat die Bätter gesammelt und das Uebrige zurückgesteckt, blickt auf]. Das Gesuchte fand ich nicht . . . dafür aber . . . diese Blätter.

Söllmann. Geben Sie her! Ich bin neugierig, was Sie da wieder entdeckt haben!

Gregor. Eine Entdeckung ohne Belang. [Reicht ihm die Blätter.] Ich dachte nur, daß Sie diese Pläne besser verwahren sollten. [Geht zur Thüre.]

Söllmann [sieht ihm betroffen nach; wirft einen Blick auf die Papiere und fährt erschrocken zusammen; stammelnd]. Gregor! [Wankt, läßt die Papiere auf den Mitteltisch fallen und sinkt auf einen Stuhl.]

Gregor. Herr Söllmann! [Eilt auf ihn zu.]

Söllmann [wehrt ihn ab und bedeutet ihm zu schweigen. — Pause. — Er steht auf und wirft einen angstvollen Blick in den Wintergarten, dann blickt er scheu zu Gregor auf.] Was müssen Sie denken von mir!

Gregor [ruhig]. Das Natürlichste. Daß Sie damals in einer Zwangslage waren ... nicht anders handeln konnten ... so handeln mußten.

Söllmann [in stammelnder Hast]. Ja, Gregor! Ich mußte! Mein ganzes Unternehmen stand auf dem Spiel, mein Glück, mein Leben! Und vor dem Ruin ... hab' ich die Schuld gewählt. [Sinkt beim Tische links in einen Stuhl.]

Gregor. Schuld? Weshalb dieses — unerquickliche Wort? Große Interessen verlangen zuweilen gewaltsame Entschlüsse. Es war Nothwehr! ...

Söllmann. Ja, Gregor, Nothwehr! Wenn er damals nicht gekommen wäre mit diesen Plänen, wenn ich den günstigen Augenblick nicht benützt hätte, seine Erfindung an mich zu reißen ... ich hätte die Krise, in der sich mein Unternehmen befand, niemals überwunden! Niemals! Ich wäre heut' ein Bettler! Ich mußte, Gregor! Es war Nothwehr!

Gregor. Ich begreife das! Unter gleichen Umständen hätt' ich das Gleiche gethan. Wir sind doch Menschen. Nur Eines will mir nicht in den Sinn ... [Lächelnd.] weshalb Sie jene Skizzen und Pläne, die seinen Namen tragen, nicht längst vernichtet haben?

Söllmann. Ich wollt' es, ich wollt' es ja ... und ich verstehe nun selbst nicht, wie ich dieses entsetzliche Versäumnis begehen konnte .... aber es kam in jenen Tagen so viel über mich .... der Tod meiner geliebten Frau ... und später ... später wurde ich ruhiger, sorgloser ...

Gregor [lachend.] Der Leichtsinn nach dem Sturme! Man hält den weiten Himmel im Aug', der sich klären will ... und übersieht das Leck im Schiff. Alles Große faßt man in seine Rechnung ... und stolpert über das Kleine.

Söllmann [nickt vor sich hin.] Ich hatte ja auch das möglichste gethan, um jene ... jene Gewaltsamkeit zu sühnen

... er selbst, er starb damals so plötzlich, ... aber seine Witwe hab' ich aus Armuth und Sorgen emporgezogen ...

Gregor. Und mehr gethan, als nöthig war!

Söllmann [hilflos]. Das heißt ... was ich thun durfte, ohne einen Verdacht zu erwecken.

Gregor. Natürlich! Aber sagen Sie mir, wie bringen Sie es nur über sich, den Sohn jenes Mannes täglich unter Ihren Augen umhergehen zu sehen, wie einen wandelnden Vorwurf?

Söllmann [dumpf]. Ja ... ein wandelnder Vorwurf. Aber als er damals kam und mich bat, als Volontär bei mir eintreten zu dürfen, um zu lernen, Erfahrungen zu sammeln ... da konnt' ich ihm meine Thür nicht weisen ... ich hatte nicht den Muth dazu! [Springt auf.]

Gregor. Ueberlassen Sie mir diesen Muth! Ich will Sie erlösen von ihm!

Söllmann. Nein, Gregor, nein ...

Gregor. Er und ich, wir Beide vertragen uns nicht gut. [Blickt zur Thüre des Wintergartens.] Und jetzt ... [Auf Söllmann zutretend.] verzeihen Sie mir die unbehagliche Minute, die ich Ihnen bereiten mußte. Was ich weiß, das bleibt begraben in mir. Aber ich wollte, daß das Alles klar werde zwischen uns ... es soll kein Geheimnis sein zwischen Vater und Sohn.

Söllmann [stammelnd]. Vater ... und Sohn?

Gregor. Ich habe wohl noch ein junges, trotziges Herz zu bekehren ... aber es wird mir gelingen ... wenn Sie mir helfen wollen!

Söllmann. Helfen ...

Gregor. Ein mahnendes Wort zur richtigen Stunde ... ein klein wenig väterliche Autorität ... wollen Sie in diesem Sinne mit Fräulein Paula sprechen?

Söllmann [blickt ihn starr an].

Gregor [scharf]. Wollen Sie?

Söllmann [nickt, in sich versinkend, leise]. Ich will!

Gregor. Ich danke Ihnen! [Reicht ihm die Hand].

Söllmann [ergreift sie zögernd].

Gregor [wendet sich zur Thür, für sich, triumphirend]. Und jetzt freien Weg gemacht! [Ab.]

Söllmann [starrt Gregor nach; sein Blick fällt auf die Pläne, er stürzt zum Tisch und reißt die Papiere an sich.] Ich habe sie . . . er gab die Beweise aus der Hand! [Wühlt in den Plänen; erschrocken.] Einer fehlt! . . . Der Wichtigste! [Richtet sich auf und blickt zur Thüre.] Da geht er hin, mit meiner Ehre, mit meinem Kind . . . mit Allem, was ich habe! [Sinkt gebrochen auf einen Stuhl.]

Der Vorhang fällt.

Zweiter Aufzug.

Helenen's Zimmer. Schmaler und kurzer Raum; schlicht bürgerliche Einrichtung; inmitten des Hintergrundes eine nach innen sich öffnende Glasthüre, draußen ein Balkon mit hölzernem Geländer; der Prospect zeigt eine graue, einförmige Mauer, dahinter ein öder Platz mit Magazinen, Schuppen, Holzlagen &c. — Zu beiden Seiten der Balkonthür je ein schmales Fenster; neben der Balkonthür ein Stuhl. Auf der linken Seite im Hintergrund eine Thür, welche sich nach innen öffnet; im Vordergrunde links ein Sopha an der Wand, davor ein Tisch mit einem Stuhl und einem Lehnsessel; unter dem Tisch ein Schemel. Im Vordergrund rechts ein erkerartiges Fenster mit niederem Antritt; darauf ein Sessel und ein Tisch, Blumen im Fenster. Ueber dem Sopha eine Pendeluhr. Durch den Erker fallen die schrägen Strahlen der Morgensonne.

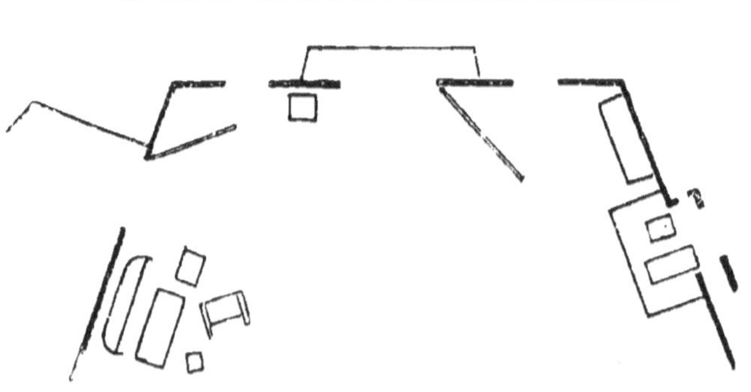

Erster Auftritt.

Helene.

Helene [sitzt im Erker, mit einer Stickerei beschäftigt, welche über eine Trommel gespannt ist; sie stickt, während der Vorhang aufgeht, dann läßt sie die Hände sinken und starrt in Gedanken vor sich hin; schwer athmend streift sie die Hände über das Gesicht und beginnt wieder zu arbeiten; nach wenigen Minuten blickt sie zur Uhr.] Neun Uhr vorüber . . . seine Bureaustunde . . . er kommt auch heute nicht! [Zwingt sich gewaltsam zur Arbeit; man hört, wie sich draußen im Schloß der Flurthür ein Schlüssel dreht. Helene springt auf, verbirgt die Stickerei und fliegt zur offenstehenden Thür, welche durch einen vorgeschobenen Stuhl am Zufallen verhindert wird.] Endlich! . . [Man hört das Zuklappen der Flurthür.]

Zweiter Auftritt.

Helene. Dönning.

Dönning [von außen]. Ich bin es nur, Fräulein Helene . . . nur der Dönning.

Helene [enttäuscht]. Guten Tag, Herr Dönning!

Dönning [erscheint an der Thür]. Ein wunderbarer Morgen heute. Waren Sie schon ein wenig draußen?

Helene. Ich habe dringende Arbeit. [Will zum Tische zurück.]

Dönning [kleinlaut.] Oh . . . pardon . . . da stör' ich wohl? [Besinnt sich, ob er eintreten soll, schüttelt den Kopf und verschwindet.]

[Man hört die Klingel an der Flurthür.]

Helene [schließt die Zimmerthür, preßt schwer athmend die Hand vor die Stirne und geht zum Erker zurück].

Dönning [steckt den Kopf herein]. Verzeihen Sie, Fräulein Helene, es steht eine junge Person draußen, sie behauptet, Franzi Klug zu heißen, behauptet, aus dem Stickereigeschäft in der Kaiserstraße geschickt zu sein, und behauptet, sie hätte dringend mit Ihnen zu sprechen.

Helene. Lassen Sie das Mädchen zu mir. [Setzt sich.]

Dönning. Sofort! [Stößt die Thür weit auf und ruft in den Flur.] Sie da! Das Fräulein will Sie empfangen.

Dritter Auftritt.

Helene. Franzi.

Franzi [tritt ein und blickt kichernd zu Dönning zurück, welcher die Thür schließt].

Helene [ohne sich zu erheben]. Sie wünschen?

Franzi. Unsere Alte läßt Ihnen sagen, Sie möchten sich mit dem Monogramm beeilen. Die Kundschaft hat heute Früh schon zweimal geschickt.

Helene. Sie sehen, ich bin bei der Arbeit. Wenn Sie eine Viertelstunde warten wollen . . .

Franzi. Warten . . . ? Sie könnten mir wohl einen Gefallen erweisen?

Helene [blickt auf].

Franzi. Ich soll hier warten? Und drunten auf der Straße wartet Jemand auf mich. Jemand!

Helene [stickend]. So kommen Sie wieder!

Franzi [nimmt ein Blatt hervor]. Ich habe Ihnen da die Adresse der Kundschaft aufgeschrieben. Wenn Sie wollten ... ein Dienstmann könnte ja den Gang für mich besorgen.

Helene [streckt die Hand nach dem Zettel].

Franzi [freudig]. Sie wollen?

Helene [nickt und legt den Zettel in die Tischlade].

Franzi. Das ist nett von Ihnen, wahrhaftig! Ich danke Ihnen! [Will davon eilen, kehrt zurück]. Vielleicht kann ich Ihnen auch einmal gefällig sein. Kommen Sie am Sonntag mit mir. Ich kann Sie mit Jemand bekannt machen.

Helene [stickend]. Sie vergessen . . . Ihr Jemand wartet.

Franzi. Na . . . wenn Sie so stolz sind . . . meinetwegen. [Geht lachend ab.]

Helene [nachblickend]. Armes Geschöpf! Heute lachst Du! Auch für Dich wird die Zeit kommen, die Dich weinen macht! [Stickt.]

Vierter Auftritt.

Helene. Frau Petersen. Später Dönning.

Frau Petersen [erscheint unter der Thür, im Arm eine mit dünnem Teig gefüllte Schüssel, in welcher sie mit einem Kochlöffel unablässig rührt]. Fräulein Helene ... darf ich wohl einen Augenblick nach der Uhr sehen? Meine steht schon wieder.

Helene Ich bitte, Frau Petersen.

Frau Petersen [tritt ein, die Thür offen lassend, und blickt nach der Uhr]. Noch fünf Minuten, dann wird er gut sein! [Bläst die Backen auf, fährt mit dem Löffel in die Höhe, läßt den Teig fließen und rührt weiter.] Sie glauben nicht, was das für eine Mühe kostet . . . eine geschlagene Stunde so . . . [Rührt mit gesteigerter Anstrengung.] Ich meine schon, mir fällt der Arm aus der Schulter.

Dönning [von außen]. Frau Petersen?

Frau Petersen [laut rufend]. Jawohl, Herr Dönning! [Zu Helene.] Aber da kenn' ich kein Erbarmen mit mir. Denken Sie nur, was das für eine Sache ist, wenn so 'was verdirbt ... zehn Eidotter, vierzehn Deka Zucker, die theure Vanille und das feine Mehl! Aber was ich sagen will ... mir scheint, er kommt heute wieder nicht?

Helene. Lassen Sie das, Frau Petersen.

Frau Petersen. Nein! Nein! Das laß' ich nicht! Oder hab' ich etwa nicht recht? [Setzt sich in den Lehnstuhl, zieht mit dem Fuß den Schemel herbei, nimmt die Schüssel zwischen die Kniee und rührt mit beiden Händen.] Es vergeht ja oft eine halbe Woche, ohne daß man den vornehmen Herrn zu Gesicht bekommt!

Helene. Er hat eine verantwortungsvolle Stellung, er ist sehr beschäftigt.

Frau Petersen. Ach was, beschäftigt! Für Sie muß er Zeit haben!

Dönning [von außen]. Frau Pe...ter...seeeen!

Frau Petersen [unwillig rufend]. J...jaaaa, Herr Dönning! [Zu Helene.] Aber ich weiß ... der feine Herr ist auch sonst ein wenig vergeßlich geworden. Sonst hätten Sie es nicht nöthig ... [Hebt den Löffel und läßt den Teig fließen.] Sehen Sie nur, wie er fließt! ... nein, gar nicht nöthig, daß Sie sich Tag und Nacht die schönen, weißen Fingerchen mit diesen dummen Stickereien abquälen ... für die paar Groschen! Sie! Ein Mädchen aus so feiner Familie! Eine Officierstochter! Und soll jetzt ...

Helene [peinlich berührt]. Frau Petersen!

Frau Petersen. Frau Petersen hin oder her! Er kann und muß für Sie sorgen ... Sie brauchen ja ohnehin nicht viel mehr, als drüben mein Kanarienvogel. Aber er soll nur kommen, dann will ich einmal meinen Schnabel laufen lassen.

Helene [aufspringend]. Das werden Sie nicht! Ein Wort von diesem heimlichen Verdienst ... und ich habe die letzte

Nacht unter ihrem Dache gewohnt! Begreifen Sie denn nicht, daß ich tausendmal lieber in Ihre Hände lege, was ich selbst erwarb, als . . . [Sie wirft in leidenschaftlicher Erregung den Kopf zurück und wendet sich ab.]

Frau Petersen. Na . . . meinetwegen . . . wenn es Ihnen so lieber ist . . . all' diese Plage . . . und alles Andere . . . daß Sie Tag für Tag hier eingesperrt sitzen wie eine Nonne . . . daß er Ihnen jeden Schritt verübelt, den Sie vor das Haus machen . . . natürlich . . . er wird ja wissen, weshalb!

Helene [will auffahren und bezwingt sich].

Frau Petersen. Da ist es freilich kein Wunder bei diesem Leben, wenn Sie krank werden . . . Sie haben ja gehört, was der Doctor sagte.

Dönning [erscheint unter der Thüre]. Natürlich! . . . Verzeihen Sie nur, Fräulein Helene . . . aber ich warte auf mein Frühstück . . . und da sitzt sie und rührt! [Tritt ein und schließt die Thür.]

Frau Petersen. Ja . . . rührt!

Helene [geht zum Antritt, athmet schwer auf und arbeitet].

Dönning. Allerdings . . . daß Sie hier sitzen . . . das entschuldigt Sie! [Schielt nach Helene.]

Frau Petersen. Ei, wie gnädig! Und das bedenken Sie gar nicht, daß ich für Sie rühre.

Dönning. Für mich! Wie rührend!

Frau Petersen. Ja, für den Kuchen, den Sie so gerne essen. Da . . . kosten Sie 'mal. Zehn Eidotter und vierzehn Deka Zucker!

Helene [blickt lächelnd auf.]

Dönning [gewahrt es, er forçirt ersichtlich seinen lustigen Ton, um Helene aufzuheitern]. Oh, zeigen Sie doch! [Er tippt mit dem Finger an den Schüsselrand und kostet] Ah! Großartig! Und das wollen Sie noch backen! Das ist ja jetzt schon die reine Götterspeise!

[Alle lachen, Dönning am lautesten.]

Fünfter Auftritt.

Die Vorigen. Gregor.

Gregor [tritt ein und blickt zuerst verwundert, dann mit spöttischem Lächeln auf die Gruppe].

Helene [gewahrt ihn, springt auf, stammelnd]. Gregor! [Verbirgt die Stickerei.]

Dönning und Frau Petersen [verstummen plötzlich; einige Augenblicke herrscht lautlose Stille].

Frau Petersen [stotternd]. Verzeihen Sie, Herr Stark... es war... ich habe nur einen Augenblick nach der Uhr gesehen... ich gehe schon! [Ab, wobei sie den Kochlöffel verliert und hastig wieder aufrafft.]

Gregor [tritt von der offenen Thüre weg, um sie hinauszulassen].

Dönning [steht verlegen und unschlüssig]

Gregor. Nun, Herr Dönning... haben Sie vielleicht auch nach der Uhr gesehen?

Dönning [trotzig]. Hab' ich durchaus nicht nöthig, Herr Stark... ich weiß ohnehin, wieviel's geschlagen hat. [Sieht ihm fest in die Augen.]

Gregor [wendet sich ab und legt Hut und Stock nieder].

Dönning [wirft einen Blick auf Helene, geht zögernd ab und schließt hinter sich die Thüre].

Sechster Auftritt.

Gregor. Helene.

Helene. Gregor! [Eilt auf ihn zu und wirft sich an seine Brust.]

Gregor [macht sich frei]. Laß das... ich liebe diese stürmischen Zärtlichkeiten nicht.

Helene [zurücktretend]. Seit wann?

Gregor. Seit lange.

Helene. Seit lange? Nun, gar so lange ist es ja doch nicht. Ich denke wohl noch der Zeit, da es anders war, da diese „stürmische Zärtlichkeit" Dein einziger Trost gewesen...

Gregor. Nur nicht diesen tragischen Ton — er stimmt nicht zu der Posse, die ich hier angetroffen.

Helene. Gregor!

Gregor [geht zum Erker und beginnt sich mit einem kleinen Messer die Nägel zu schaben].

Helene [kämpft ihre Erregung nieder, legt die Hand auf seine Schulter; warm]. Gregor! Fünf Tage hab' ich Dich nicht gesehen, ich habe die Stunden gezählt, habe gezittert in Sehnsucht ... und nun kommst Du ... und Du hast kein Wort für mich ... nicht ein einziges Wort?

Gregor. Ja doch, ja! ... Aber ich bin nun einmal kein Freund dieser krankhaften Exaltationen ... und ... da Du ruhig bist ... nun sollst Du auch erfahren, daß es die Sorge um Dich war, die mich hergetrieben hat. [Steckt das Messer ein.]

Helene [herzlich]. Gregor! [Schmiegt sich an ihn.]

Gregor [beugt den Kopf zurück und sieht mit kaltem Blick auf Helene nieder, dann lächelt er und streift die Hand über ihr Haar]. Fünf Tage ... nun ja ... es war eine lange Zeit für Dich. Aber Du solltest vernünftig sein ...

Helene [auffahrend]. Vernünftig? Vernünftig? War ich es nicht, als Du mir sagtest, daß es ein Stein auf Deinem Weg zur Höhe wäre, wenn die Leute erführen, was zwischen Dir und mir ... ah ... [Sie preßt den Arm über die Stirne.]

Gregor. Nun? Weshalb schweigst Du? Du siehst ja, ich höre geduldig zu ... obschon ich weiß, was noch kommen wird! [Steht auf und geht durch das Zimmer.] Nicht wahr, ich bin undankbar? Ich vergesse, daß Du um meinetwillen Deinen Vater verlassen, daß er an gebrochenem Herzen starb, daß Du mir Deine Jugend geopfert hast, Deine Ehre ... und was Alles noch!

Helene [flehend]. Gregor!

Gregor [am Lehnstuhl]. Aber Du solltest bei dieser ewigen Litanei nur Eines bedenken: daß Opfer an Werth verlieren, die man uns täglich herzählt an allen Fingern. [Läßt sich niedersinken.]

Helene [eilt auf ihn zu, stammelnd]. Nein, Gregor, nein, nein, es war kein Opfer, ich that ja nur, was ich mußte!

[Sinkt an seiner Seite nieder.] Und nicht Dank verlang' ich . . . nur Liebe, ein wenig, wenig Liebe. Ich bin ja so bescheiden, Gregor . . . ich bin es geworden . . . nur sehen will ich Dich, sehen, nur sehen! [Preßt schluchzend das Gesicht in seinen Schooß.]

Gregor. Was machst Du nun wieder? Komm, laß ruhig mit Dir sprechen. Sehen? Du wirst mich ja sehen, so oft es mir möglich ist. Aber Du sollst bedenken, daß ich jetzt auf einem Platze stehe, der all' mein Denken und Können von mir fordert . . . und gerade in diesen Tagen . . . in der Fabrik ist eine Arbeiterbewegung im Gange, seit Tagen und Nächten bin ich nicht zur Ruhe gekommen . . . und auch diese jetzige Stunde hab' ich meinen Geschäften nur abgestohlen. Aber glaubst Du, Helen', daß solche Scenen, wie sie Deiner krankhaften, nervösen Gereiztheit entspringen, mir die Freude am Kommen erhöhen? Glaubst Du, das wäre der richtige Dank für die Sorge, die mich heute zu Dir getrieben hat?

Helene. Gregor!

Gregor Hör' mich an, Helene . . . ich habe heute Früh den Doctor gesprochen, den Frau Petersen gestern holen ließ, als Du Deinen Anfall hattest . . .

Helene. Laß ihn doch, laß ihn! Du, Gregor, Du bist mein bester Arzt! Deine Gegenwart heilt mich, Dein Lächeln macht mich gesunden . . .

Gregor. Nein, Helene . . . was er mir sagte, hat mir schwere Sorgen gemacht. Und meine Augen sind ja auch nicht blind . . . sieh nur an, wie blaß Deine Hände sind, wie bleich Deine Nägel . . . [Er hebt mit beiden Händen ihren Kopf empor.] Deine Lippen sind farblos . . . . [Er drückt die beiden Daumen unter ihre Augen.] und Deine Lider ohne Blut! Du bist krank, Helene . . . bist es mehr, als ich fürchtete . . .

Helene [wird aufmerksam, beugt langsam den Kopf zurück und betrachtet Gregor mit ängstlich forschenden Blicken.]

Gregor. Aber ist es ein Wunder? Diese dumpfe Luft hier . . . sie bekommt Dir nicht . . . da muß um Deiner Gesundheit willen eine Aenderung getroffen werden. Solche Anfänge können gefährlich werden . . . es war auch die Meinung des Doctors . . . Du solltest fort, Helene.

Helene [mit starren Augen zu ihm aufblickend]. Fort? . . . Fort . . . von Dir?

Gregor. Ja, Du sollst fort aus diesem Hause.

Helene [hastig]. Nur fort aus diesem Hause? [Plötzlich auflachend]. Du bist eifersüchtig, ja, ja, gesteh' es nur!

Gregor [verdutzt]. Eifersüchtig?

Helene [lachend]. Ja . . . auf Herrn Dönning!

Gregor. Ich bedanke mich für diese Zumuthung!

Helene [beginnt lachend, allmälig wird ihr Ton unsicher, der Ausdruck ihrer Züge ein ängstlich starrer]. Ja, ja, ja . . . die Scene, die Du hier fandest . . . daß Herr Dönning in meinem Zimmer war, es hat Dich verstimmt und verletzt . . . es war Dir ja niemals lieb, daß ich zuweilen ein Wort mit ihm wechselte . . . Du hast mir sogar verboten, mit ihm zu verkehren.

Gregor. Verboten? . . . Dann war dieses Verbot eine Thorheit! Die Langeweile schadet Dir, Du brauchst Zerstreuung und Unterhaltung . . . da kann es mir um Deinetwillen nur lieb sein, wenn Du zuweilen eine Stunde mit diesem Dönning verplauderst . . . er scheint ja ein recht gemüthlicher, netter, gefälliger Mensch zu sein!

Helene [springt auf]. Gregor! . . . [In zitternder Erregung, dumpf.] Ich höre aus Deinen Worten einen Ton, einen Gedanken . . . [Schreiend.] . . . sprich ihn aus!

Gregor [trocken]. Ich verstehe Dich nicht!

Helene [den Arm über die Stirne pressend]. Nein, nein, nein . . ich selbst vermag ja von dem Manne, den ich liebe, solche Niedertracht nicht zu glauben.

Gregor [springt auf, scharf, zornig]. Helene! [Er stößt den Lehnstuhl zurück und geht auf und ab.]

[Pause. — Der Sonnenschein ist allmälig erloschen.]

Helene [um sich blickend, mit schwankender Stimme]. Wie finster es hier geworden ist!

Gregor. Finster? Es ist heller Morgen. Nur eine Wolke geht über die Sonne.

Helene [dumpf]. Ja . . . über meine Sonne ging eine Wolke. [Fällt in den Lehnstuhl und schlägt die Hände vor das Gesicht.]

Gregor [plötzlich auf sie zutretend, kurz und hart]. Helene! Ich sehe, daß in Ruhe mit Dir nicht zu reden ist . . .

Helene. Versuch' es doch in Liebe.

Gregor. So soll es im Ernste geschehen.

Helene. Oh! Ich weiß diesen Ernst zu schätzen . . . nach seinem Werth!

[Von hier an spielt sich die Scene in hastig gesteigertem Tempo ab: Gregor immer kalt und hart; Helene immer gereizter, bis zu maßloser Erregung.]

Gregor. Das Krankhafte Deiner Launen mahnt mich an meine Pflicht . . .

Helene [auflachend]. Pflicht . . . gegen mich!

Gregor. Und ich danke es meiner jetzigen Stellung, daß sie mir die Mittel bietet, Dir Alles angedeihen zu lassen, was Deinem Zustand förderlich ist

Helene. Wie lieb von Dir. Wie herzlich! Nur Eines wundert mich . . .

Gregor. Dich wundert Vieles!

Helene. Ja, Gregor! . . . und ganz besonders diese plötzliche Sorge . . . sie kommt so überraschend . . . nach all' diesen Tagen und Wochen.

Gregor. Meine Sorge war da, sobald ich Ursache fand.

Helene. Ursache? Und wo liegt sie, diese Ursache? Wer gab sie Dir?

Gregor. Du!

Helene. Ich? [Lacht heiser.]

Gregor Jeder Ton, den ich höre, jeder Blick auf Deine Züge sagt mir, daß ich zu lange sorglos war . . .

Helene. Welch' ein reniges Bekenntnis!

Gregor. Aber nun erkenn' ich, wie es steht um Dich . . .

Helene. Wirklich? Wirklich?

Gregor. Ja . . . und der Entscheidung, die ich treffe, wirst Du Dich fügen.

Helene [höhnisch]. Nun! Und wie lautet sie . . . Deine Entscheidung?

Gregor. So wie es Deinem Arzte gefällt. Wenn ihm eine Luftveränderung geboten erscheint . . . oder die Cur in einem Bade . . .

Helene [springt auf, in maßloser Wildheit]. Nein, nein, nein, nein, ich bleibe, bleibe! Ich bin nicht krank . . . nicht krank an meinem Fleisch und Blut . . . nur krank an meinem Herzen, das sich martert in brennenden Zweifeln, überfließt von Schmerzen und Weh. Ich bin nicht krank... Du... Du willst nur, daß ich es wäre. Nicht wahr, das käme Dir gelegen . . . nicht wahr! Solch' eine herrliche Gelegenheit, mich abzuschütteln! Fort soll ich, fort, nur fort, nur fort . . . oh, Gregor, ich verstehe Dich! Verbirg es nur hinter Deinen Worten, ich hör' es aus Deinem Ton, fühl' es in jedem Blick Deiner Augen . . . los willst Du mich haben, frei willst Du sein, frei, frei . . . [Heiser auflachend.] . . . so komm doch, komm, wir wollen plaudern . . . erzähl' mir doch von Ihr, die meinen Platz in Deinem Herzen erben soll . . . nicht wahr, sie ist tausendmal schöner, tausendmal besser . . . . . . oh . . . ich begreife, ich fühl' es ja, ich bin es nicht werth, nur eine Secunde noch zu athmen an Deiner Seite . . . ich gehe ja schon, ich geh', ich geh', ich gehe . . . [Mit wildem Gelächter] Nicht wahr, so wär' es Dir lieb, so käm' es Dir gelegen . . . aber Dein Geschmack ist nicht der meine . . . nein, nein, nein, nein, ich bleibe! Und wenn ich sterben sollte zwischen diesen Mauern . . . sterben an Dir. [Sie fällt in den Lehnstuhl und wirft sich schluchzend mit den Armen über den Tisch.]

Gregor [ist ruhig, mit gekreuzten Armen vor ihr gestanden; nun geht er nach dem Hintergrund und nimmt Hut und Stock].

Helene [fährt auf, flehend]. Gregor!

Gregor [kommt nach vorne].

Helene [sinkt zurück und sitzt gebrochen, mit gesunkenem Kopfe, die zitternden Hände im Schooß].

Gregor. Da hast Du nun einen Beweis, wie krank Du bist! Nur Deine Krankheit läßt mich den Wahnsinn begreifen, den Du redest . . . und verzeihen.

Helene [nickt lautlos vor sich hin].

Gregor. Und jetzt höre mein letztes Wort! Ich werde heute noch einen zweiten Arzt rufen . . . den besten, den ich finde . . . Du wirst ihn empfangen . . . und was er verordnet, das geschieht. Will er, daß Du hier in der Stadt eine Cur gebrauchst, dann wirst Du bleiben . . . will er, daß Du ein Bad besuchst, oder einen hochgelegenen Ort im Gebirge, dann wirst Du reisen. Ich hoffe, mich am Abend für eine Stunde frei zu machen, um Alles mit Dir zu besprechen. Bis dahin . . . Adieu! [Geht zur Thüre.]

Helene [fährt erschrocken auf]. Gregor!

Gregor [ab].

Helene [aufschreiend]. Gregor! [Eilt ihm nach, an der geschlossenen Thüre sinkt sie nieder, schluchzend.] Gregor!

[Durch alle Fenster fällt wieder Sonnenschein, langsam an Helle zunehmend.]

Siebenter Auftritt.

Helene.

Helene [erhebt sich nach kurzer Pause und preßt die Handballen über die Augen.] Allein! Wieder allein! [Geht schwankend in die Mitte der Bühne, bleibt stehen und blickt zur Thüre.] Darf ich es ihm verdenken? . . . Er kam . . . und was gab ich ihm? Oh . . . könnt' ich den alten Ton nur einmal wieder finden . . . jenen Ton, der ihn gekettet und gefesselt an mich! . . . Ja, ja, an mir liegt alle Schuld! [Geht zum Nähtisch, bleibt stehen.] Wirklich? . . . . Hab' ich sie wirklich verloren, jene Sprache der Liebe? . . . Nein, nein! Ich fühl' es doch, wie sie immer und immer wieder empor=

quillt aus meinem Herzen . . . und wie sie erstirbt auf meiner Zunge . . . vor seinem frostigen Lächeln, vor seinem kalten Blick . . . oh! [Ein Schauer überfliegt ihre Gestalt, sie tritt zum Nähtisch.] Die Sonne! Da ist sie wieder! . . . Du warme Sonne! Willst Du mir sagen, daß Du nur gerne weilst, wo Er nicht ist? [Starrt eine Weile in den Sonnenschein, dann schüttelt sie heftig den Kopf, fährt sich mit den Händen über die Augen, läßt sich nieder und nimmt die Stickerei hervor; sie athmet schwer auf und läßt die Trommel in den Schooß sinken.] Krank? . . . Ja, ich bin krank! [Es klopft leise an der Thüre.] Und er sieht es . . . er sorgt sich um mich! Und ich . . . wie dank' ich es ihm! [Sie beginnt zu arbeiten.] . . . Und doch! Und doch! [Es klopft an der Thüre.] Ich werde diesen entsetzlichen Gedanken nicht los . . . und dieses Bild . . . immer, immer seh' ich dieses verschwommene, wechselnde Gesicht, welches auftaucht zwischen mir und ihm . . . Gregor! Wenn es so wäre! [In sich versinkend.] Ja . . . ja . . . ich bin krank! [Beugt sich über die Stickerei und arbeitet; es pocht an der Thüre.]

Achter Auftritt.

Helene. Dönning. Frau Petersen.

Dönning [steckt den Kopf zur Thüre herein; unsicher]. Fräulein Helene?

Helene [fährt auf].

Dönning. Erlauben Sie, daß ich ein wenig eintrete?

Helene [müde]. Ich bitte, Herr Dönning. [Stickt.]

Dönning [verlegen]. Seien Sie nur nicht böse . . aber . . . es trieb mich herüber . . . ich war in rechter Sorge. [Drückt die Thüre halb zu, so daß sie sich wieder öffnet.]

Helene. Weshalb?

Dönning Ich hörte so laute Stimmen . . . und . . .

Frau Petersen [von außen]. Herr Dönning!

Dönning [rufend]. Ja, Frau Petersen! [Zu Helene.] Und . . . und ich fürchtete, Herr Stark hätte mit Ihnen gezankt, weil . . . [Stockt.]

Helene [blickt auf].

Dönning. Weil er mich hier gefunden.

Helene [sieht ihn an, schüttelt den Kopf]. Nein, Herr Dönning. [Stickt.]

Dönning [freudig]. Nicht? Wirklich nicht? Na, da fällt mir ein schwerer Stein vom Herzen. [Ernst]. Denn Sie begreifen, daß es mir recht ... recht unlieb wäre ... wenn Sie etwa ... um meinetwillen ...

Helene [stickend]. Im Gegentheil, Herr Dönning! [Bitter.] Gregor rieth mir sogar, mir von Ihnen die Langeweile vertreiben zu lassen.

Dönning Wahrhaftig? Bravo! Bravo! Da wollen wir aber auch von dieser Erlaubnis einen recht ausgedehnten Gebrauch ...

Frau Petersen [von außen]. Herr Dööön ... niiing!

Dönning [verzweifelt]. Jiiii .... jaaaa! [Geht zur Thür und ruft hinaus.] Was wollen Sie nur immer von mir?

Frau Petersen [von außen]. Ihr Frühstück, Herr Dönning!

Dönning. Ach was, Frühstück! Lassen Sie mich doch in Ruhe, Sie ungemüthliches Rührstück! [Schließt die Thür, kommt zurück, einen Stuhl mit sich ziehend.] Sehen Sie, Fräulein Helene, Sie wissen gar nicht, wie viel Freude es mir machen würde, wenn ich Sie ein wenig aufheitern könnte.

Helene. Ich danke Ihnen, Herr Dönning.

Dönning [stellt den Stuhl vor den Antritt]. Ich möchte Ihnen einen Vorschlag machen. Tauschen wir unsere Zimmer.

Helene. Weshalb?

Dönning. [setzt sich.] Mein Zimmerchen drüben ist so luftig, sonnig und frisch ... man sieht die Menschen auf der Straße ... man hat den Ausblick über die herrlichen Gärten ... eine wahre Herzensfreude! Aber hier ... wenn nicht gerade die Sonne ein bischen hereinscheint ... hier muß man ja schwermüthig werden! Sie sehen keinen Menschen ... man sieht auch Sie nicht! Und dieses Panorama vor den Fenstern! [Ganz leise, wie aus weiter Ferne, hört man eine Grabmusik.] Dort hinten, unter dem Balkon, der

Fluß mit dem schwarzen, unheimlichen Wasser, keine Straße daneben . . . herüben das Haus, unten das Wasser, drüben die alte, graue Mauer, dahinter die abscheulichen Lagerschuppen . . . . und hier vor dem Fenster die öden Bauplätze, dann die Gasfabrik, dann der Friedhof . . . [hebt lauschend den Kopf.] Na also! Schon wieder ein Trauermarsch! Jetzt sagen Sie doch selbst: ist das eine Unterhaltung für ein junges Mädchen?

Helene [stützt den Kopf in die Hände und lauscht; die Musik schwillt etwas an und wird wieder leiser; nach langer Pause, tief athmend, mit verlorenem Lächeln]. Schelten Sie diese Musik nicht, sie erzählt so viel!

Dönning [seufzt und schüttelt den Kopf, dann ärgerlich losplatzend]. Nein, nein! das geht nicht länger! Sie müssen heraus . . . [Springt auf.] vor Allem heraus aus diesem Zimmer!

Helene [streift die Hand über die Stirn und beginnt zu arbeiten]. Gregor hat dieses Zimmer für mich ausgewählt, ich bleibe!

Dönning (macht zwei Fäuste; nach kurzer Pause). Sie sollten doch wenigstens eine andere Beschäftigung suchen, Sie sollten lesen, irgend etwas Heiteres treiben. Aber dieses ewige Gestichel . . . das reizt ja nur zum Grübeln . .

Helene. Meine Arbeit ist meine Freude.

Dönning. Nun ja . . . und . . . Sie verstehen sich auch darauf. [Streckt den Hals.] Das ist wieder ein ganz wunderbares Ding . . . wahrscheinlich eine Festgabe . . . oder etwas Aehnliches . . . für Herrn Stark . . . natürlich . . .

Helene. Nein.

Dönning [gedehnt]. N . . . ein? Aber das Monogramm . . . es sind doch seine Buchstaben — G. St. — Gregor Stark!

Helene [betroffen, starrt auf die Stickerei]. Wie war es nur möglich, daß ich das übersehen konnte!

Dönning [verwundert]. Uebersehen?

Helene [hastig]. Aber nein . . . nein . . . sehen Sie nur, Herr Dönning . . . der Doppelbuchstabe liegt über dem anderen, er bedeutet den Vornamen . . .

Dönning [langsam]. Uebersehen? . . . Fräulein Helene? Ich will doch nicht hoffen, daß Sie diese Arbeit . . . Fräulein Helene!

Helene. Darüber kein Wort, Herr Dönning! Ich bitte Sie! [Sie zerschneidet den Faden und beginnt die Stickerei aus der Trommel zu lösen. — Pause.]

Dönning [bewegt]. Wie Ihre Hände zittern . . . Und so bleiche Hände! Meine selige Mutter hatte ein merkwürdiges Auge für die Menschen Sie sagte mir immer: wenn Du einer Frau in die Seele schauen willst, so schau auf ihre Hände.

Helene [zieht die Hände zurück].

Dönning. Weshalb verstecken Sie Ihre Hände?

Helene [mit schwankender Stimme]. Ich? Hab' ich es denn gethan? [Arbeitet weiter. — Pause.]

Dönning [langsam, in tiefer Bewegung]. So schau auf ihre Hände . . .

Helene [läßt sich zurücksinken, betrachtet mit bitterem Lächeln ihre Hände und streift die eine über die andere; langsam]. Und . . . bei den Männern? Was meinte Ihre Mutter? Muß man den Männern auch auf die Hände sehen?

Dönning. Nein! In die Augen! Und ich habe Herrn Stark in die Augen gesehen . . .

Helene [erhebt sich].

Dönning. Und er hat meinen Blick nicht ertragen können . . . er hat seine Augen versteckt . . . wie Sie Ihre Hände.

Helene [heftig]. Herr Dönning! Sie sprechen von dem Manne, den ich liebe.

Dönning [erregt]. Den Sie lieben! Ich habe immer geglaubt, Liebe müßte verdient werden . . . und wo sie nicht verdient wird . . .

Helene [tritt über die Stufe herab]. Herr Dönning . . . ich bitte . . . verlassen Sie mich!

Dönning. Fräulein Helene!

Helene [ausweichend]. Meine Arbeit ist vollendet . . . ich habe einen Gang zu machen.

Dönning. Fräulein Helene?

Helene [mit Nachdruck]. Ich bitte, Herr Dönning!

Dönning [hebt die Arme und läßt sie traurig wieder sinken, mit hängendem Kopfe schleicht er zur Thüre, den Stuhl an seinen Platz ziehend, bleibt zögernd noch einmal stehen, dann ab].

Neunter Auftritt.

Helene.

Helene. Ah! [Schüttelt sich, als wollte sie einen Gedanken von sich abwehren; will die Stickerei zusammenrollen, betrachtet sie noch einmal.] Diese Buchstaben! ... Nein, nein, nein! [Rollt die Stickerei hastig zusammen und sucht auf dem Tisch umher.] Wo hab' ich nur das Blatt ... das Blatt mit der Adresse? ... Ach ja! [Reißt die Lade auf und nimmt das Blatt hervor.] Hier ist es! [Geht gegen die Thüre, während sie das Blatt entfaltet, bleibt betroffen stehen und starrt das Blatt an.] Fräulein Söllmann! ... Söllmann! ... So heißt sein Chef! Fräulein Söllmann! Das ist die Tochter seines Chefs! ... Und diese Buchstaben! .. [Aufschreiend.] Gregor! ... Nein, nein, nein! [Faßt sich am Kopfe.] Halte Deine Sinne zusammen, Helene, halte Deine Sinne zusammen! ... [Richtet sich auf.] Sehen will ich, sehen, mit diesen meinen Augen! [Rafft ein Umhängtuch auf, welches zur Hand liegt.] Und wenn es so wäre? ... [Wild ausbrechend.] Dann wahre Dich, Gregor, wahre Dich! Gilt Dir meine Liebe nichts mehr, dann sollst Du rechnen lernen mit meinem Haß! [Stürzt ab.]

Der Vorhang fällt.

Dritter Aufzug.

Wohnzimmer bei Söllmann wie im ersten Aufzug.

Erster Auftritt.

Paula. Johann.

Paula [kommt aus dem Wintergarten].

Johann [tritt im Hintergrund ein].

Paula. Endlich! Wo bleiben Sie nur so lange?

Johann. Ich bitte, jetzt eben war ich zum drittenmal im Geschäfte ...

Paula. Aber so geben Sie doch ... rasch!

Johann [stotternd]. Ich habe die Arbeit nicht bekommen.

Paula [erschrocken]. Aber ich habe Ihnen doch ausdrücklich gesagt ...

Zweiter Auftritt.

Die Vorigen. Günther [tritt ein, mit einer Mappe].

Paula [ärgerlich und verlegen]. Natürlich ... zu spät. [Zu Johann.] Gehen Sie! [Wendet sich zum Tische links].

Johann [ab].

Günther. Sie scheinen verstimmt, Fräulein?

Paula. Ich habe mich geärgert, ganz entsetzlich ... um Ihretwillen.

Günther [erschrocken]. Um meinetwillen?

Paula. Ja! [Wendet sich zu ihm.] Aber Sie sollen deshalb kein verdrießliches Gesicht an mir sehen .. heute nicht! [Reicht ihm die Hand.] Ich gratulire!

Günther [freudig]. Sie wissen!

Paula [traulich]. Natürlich ... und ich wollte mich für die Ueberraschung bedanken, die Sie mir an meinem Geburtstag bereitet haben, und habe mich geärgert, weil ich gratuliren muß mit leeren Händen.

Günther [erschrocken]. Fräulein!

Paula. Ich hatte Ihnen etwas so Hübsches zugedacht . . . eine kleine Arbeit.

Günther [freudig]. Von Ihrer Hand?

Paula. Ja . . . das heißt, nicht ganz . . . und man hat mich im Stich gelassen.

Günther [überströmend]. Ich danke Ihnen! Oh, es hätte eines Geschenkes nicht bedurft . . . Ihr herzlicher Glückwunsch allein hat mir diesen Tag zu einer Freude gemacht. Ach, Fräulein Paula! Wenn Sie wüßten . . . [Verstummt.]

Dritter Auftritt.

Die Vorigen. Söllmann.

Söllmann [aus dem Wintergarten, gedrückt, müde]. Herr Günther? . . . Sie bringen die Post?

Günther [in mühsamer Fassung]. Ja, Herr Söllmann!

Söllmann [küßt Paula auf die Stirn; zu Günther]. Ich bitte! [Ab nach rechts.]

Günther [folgt ihm zögernd].

Paula [schmollend]. Schade. Er war so gut im Zug!

Vierter Auftritt.

Paula. Johann. Helene.

Johann [tritt durch die Mitte hastig ein]. Fräulein! Ein Mädchen hat die Stickerei gebracht. [Zu Helene.] Ich bitte . . . [Ab nach Helenen's Eintritt.]

Helene [tritt ein, ihr Tuch über dem Arm, die Stickerei in der Hand].

Paula. Endlich! [Greift nach der Rolle.]

Helene [betrachtet Paula mit starren Augen].

Paula [die Stickerei aufrollend]. Ich bin sehr ungehalten über diese Verspätung!

Helene [kalt]. Es ist nicht die Schuld des Geschäftes, nur die Schuld der Stickerin, welche die ganze Nacht opferte . . .

Paula [betroffen aufblickend, freundlich]. Oh, ich ziehe meinen Vorwurf zurück. Aber nehmen Sie Platz . . . und . . . haben Sie Zeit, mir einen Augenblick zu helfen?

Helene. Ich bitte

Paula. Nur eine Secunde. [Ab in den Wintergarten.]

Helene [mit leisem, bitterem Lachen]. Er hat einen guten Geschmack! Dieses süße, kindliche Geschöpf, diese sanften, freundlichen Züge, der junge, rosige Mund, die sonnigen Augen . . . ich habe sie mir anders vorgestellt, die Diebin meines Glücks!

Paula [kommt mit einem Cigarren-Etui zurück]. Da bin ich wieder! Hier . . . sehen Sie . . . hier, in dieses Cigarren-Etui soll die Stickerei eingefügt werden.

Helene [nimmt die Stickerei, hängt beim Tische links ihr Umschlagtuch über einen Fauteuil und setzt sich]. Ich bitte um eine Scheere.

Paula. Eine Scheere . . . [Eilt auf den Antritt.] Wo ist nur meine Scheere? Da! [Kommt zurück.] Hier . . . oder wollen Sie eine größere?

Helene. Ich danke, nein. (Schneidet die Stickerei aus dem Stramin.)

Paula [sieht aufmerksam zu, erschrocken]. Oh . . . Sie schneiden zu nah' am Rand.

Helene. Gewiß nicht! [Blickt auf.] Diese Sorge ist verrätherisch, Fräulein! . . . als wäre diese Arbeit eine Liebesgabe?

Paula [blickt Helene verwundert an, lächelt, greift nach der ausgeschnittenen Stickerei].

Helene. Sie scheinen mit der Arbeit nicht zufrieden?

Paula. Ja . . . das heißt . . die Arbeit ist nicht gleichmäßig. Der eine Buchstabe ist wunderbar fein gestickt . . . aber der Doppelbuchstabe . . . sehen Sie nur . . . [Reicht ihr die Stickerei.] wie flüchtig und ungleich . . . das sind Stiche, wie von einer ungeschickten, zitternden Hand . . .

Helene. Sie haben Recht, Fräulein! Diese zitternde Hand . . . es war die meinige. [Greift nach dem Etui und beginnt die Stickerei einzufügen.]

Paula [nach kurzer Pause]. Ich wollte Sie nicht verletzen.

Helene. Wenn meine Hände zitterten . . . es war nicht meine Schuld. Ich habe mitten in dieser Arbeit eine bittere Nachricht erfahren . . .

Paula. Eine bittere Nachricht?

Helene [sich tief über die Arbeit beugend]. Ja . . . die Gewißheit . . . daß der Mann, den ich liebe, mich betrügt.

Paula [erschrocken, bewegt]. Fräulein . . .

Helene [langsam]. Und denken Sie . . . der seltsame Zufall . . . diese Buchstaben, an denen ich stickte . . . es sind auch die Buchstaben seines Namens.

Paula [weicht betroffen zurück].

Helene [hat die Arbeit vollendet, blickt langsam auf]. Ich hoffe nur, dieser seltsame Zufall berührt Sie nicht . . . wie ein böses Omen?

Paula. Nein! Dieser Name bedeutet die Treue! Aber was ist Ihnen? Sie zittern . . . und Ihre Augen . . .

Fünfter Auftritt.

Die Vorigen. Staudigl. Alexander.

Staudigl [stürzt herein, athemlos]. Wo ist Herr Söllmann?

Paula. Um Gotteswillen, was ist geschehen?

Staudigl. Die ganze Fabrik ist in Aufruhr.

Paula. Papa! Papa! [Eilt in die Thüre rechts.]

Staudigl [lehnt sich athemlos an den Kamin].

Alexander [aus dem Wintergarten]. Aber was ist denn . . . [Erblickt Helene.] Meine blasse Dame von gestern!

Helene [scheint ihn zu erkennen; macht eine Bewegung, als wollte sie ihn ansprechen; zögert und streift die zitternde Hand über die Stirne.]

Alexander [verlegen, stotternd]. Verzeihen Sie, mein Fräulein . . . ich war gestern . . . aber gestatten Sie vor Allem, daß ich mich Ihnen vorstelle: Alexander Hiller . . . von Hiller! Und nun . . . dieser glückliche Zufall . . . Sie hier wiederzusehen . . .

Helene. Ich brachte diese Arbeit.

Alexander. Diese Arbeit? Das ist aber doch merkwürdig! Gestern sah ich diese gleiche Stickerei . . .

Helene [hastig]. Sie kennen diese Arbeit?

Alexander. Ja, das heißt, ich glaube, ich sah sie in den Händen meiner Cousine . . .

Helene [nach rechts deutend]. Dieser jungen Dame? [Hält ihm das Etui vor.] Und kennen Sie auch diese Buchstaben?

Alexander [das Etui nehmend]. Diese Buchstaben? Ooooh! Da wird mir ja ein süßes Geheimnis verrathen! — St. G. — Natürlich! Stephan Günther! Na, warte, Paulchen . . .

Helene [aufjubelnd]. Stephan! . . . Und nicht . . . [Faßt unter Lachen und Thränen Alexanders Hand.] Ich danke Ihnen! Danke, Danke! [Stürzt ab.]

Alexander [blickt ihr verdutzt nach]. Jetzt weiß ich nicht, bin ich verrückt, oder . . . [Wirft das Etui auf das Tischchen; er sieht Helenens Tuch und rafft es auf.] Fräulein! Ich bitte, Fräulein! [Eilt Helene nach.]

Staudigl [die Fäuste auf die Brust pressend]. Kaum zu Athem komm' ich!

Sechster Auftritt.

Staudigl. Söllmann. Paula. Günther. Johann.

Söllmann [mit Paula und Günther von rechts]. Staudigl! Was ist los?

Staudigl. Der Teufel ist los, Herr Söllmann! Heute Nacht haben sie es abgekartet . . .

Söllmann. Wer? Was?

Staudigl. Unsere Leute! Einen richtigen Strike!

Söllmann [erschrocken]. Sie haben die Arbeit eingestellt?

Staudigl. Ja . . . Schlag elf . . . alle miteinander.

[Man hört näherkommenden Lärm, Alle horchen auf, kurze Pause.]

Söllmann. Was ist das?

Staudigl. Ich fürchte, Herr Söllmann . . . sie kommen!

Paula. Papa ...

Söllmann [eilt zum Fenster]. Sie kommen!

Paula. Ich bitte Dich ...

Söllmann [schiebt sie beiseite]. Wo ist Gregor ... Herr Sark?

Günther. Er war gegen neun Uhr im Maschinenhaus.

Staudigl. Er ist fort in die Stadt.

Paula [am Fenster]. Sie kommen schon über die Brücke!

Söllmann [wüthend]. Kann ich es hindern! Was soll ich thun?

Günther. Die Leute hören, Herr Söllmann!

Söllmann. Sie sollen sich an den Director wenden!

Günther. Ich vermuthe, daß die Leute mit Absicht eine Stunde wählten, in der sie den Director abwesend wußten.

Söllmann [nach dem Fenster deutend]. Mit diesen Scandalmachern soll ich unterhandeln!

Günther. Ja, Herr Söllmann ... und ... Sie müssen!

Söllmann. Ich muß?

Günther [auf Söllmann zutretend]. Sie dürfen Ihr Unternehmen nicht der Gefahr einer Strikebewegung aussetzen ... jetzt nicht ... Sie sind Verpflichtungen eingegangen ...

Söllmann [auffahrend]. Und das scheinen die Arbeiter zu wissen! Von wem haben sie es erfahren? Von Ihnen vielleicht?

Günther. Herr Söllmann!

Paula [gleichzeitig]. Papa!

Johann [tritt ein, erregt]. Ich bitte, Herr Söllmann ... Arbeiter stehen draußen ...

Paula [hastig]. Führen Sie die Leute zu meinem Vater.

Johann [ab].

Söllmann [zornig]. Paula!

Paula [reicht Günther die Hand]. Verzeihen Sie meinem Vater das Wort, das er in der Erregung dieser Stunde gesprochen.

Günther [bewegt]. Es ist vergessen.

Siebenter Auftritt.

Paula. Söllmann. Günther. Standigl. — Sturm, Kallwasser, Schubert und zwei Arbeiter treten ein.

Söllmann. Sturm! Kallwasser! Das hätt' ich mir denken können, daß man Euch schicken würde! Aber Sie, Schubert, auch Sie haben sich bereden lassen?

Schubert. Ja, Herr Söllmann, weil ich mir 'denkt hab': das müßt' Ihnen beweisen, daß wir nix Unrechts net verlangen.

Söllmann [nach kurzer Pause]. Was also wollt Ihr?

Schubert [schlicht, innerlich]. Leben, Herr Söllmann!

Söllmann [betroffen]. Leben? . . . [Im früheren Ton.] Das ist eine Phrase!

Schubert [einfach]. Schauen S', Herr Söllmann . . . ich weiß, daß ich d'Welt net anders machen kann, wie's is. Ich hab' mein' Vatern g'sehen grau werden und aushalten bei der Arbeit, bis er amal umg'fallen und nimmer aufg'standen is, mit 'm Eisen in der starren Hand. Und ich will g'rad so aushalten. Ich verlang' mir kein besseres Leben net, als wie's mein Vater g'habt hat . . . aber leben möcht' unsereiner halt doch, und seine Kinder net verhungern lassen . . . und das . . . verzeihen S', Herr Söllmann . . . das will halt nimmer geh'n in der letzten Zeit.

Söllmann. In der letzten Zeit?

Schubert. Ja, seit Einer d'Hand über Allem hat, der 's versteht, wie man d'Arbeit 'naufschraubt und abschneid't am Verdienst. Sein' Schicht, so wie's früher war, die schafft doch Jeder gern. Aber die vielen Ueberstunden, die pressen ei'm die letzte Kraft aus die Knochen . . . ganz mürb kommt einer heim . . . a kurze Nacht, a halber Schlaf . . . und wann nachher am andern Morgen als a müder Mensch bei der Arbeit stehst . . . is 's da a Wunder, wenn d'Arbeit net so wird, wie's sein soll? Und da kommt ein Strafgeld über's and're . . . Du hast Dich 'plagt und g'rackert und stehst am End' von der Wochen da und weißt net, wo ein und aus. Auf jeden Kreuzer wart't daheim schon der Abnehmer, und jeder Gulden weniger is a Hungertag für's Haus. Letzte Wochen ... ich bring's gar net über d'Lippen, denn es is a Schand' für ein' alten Arbeiter, der sein' Sach'. versteht ... letzte Wochen ziehen s' mir zwei Gulden siebzig Kreuzer Strafgeld ab ...

Söllmann [peinlich berührt]. Schubert? ...

Schubert. Ich hab' ja rein 'glaubt, ich muß in Boden 'nein sinken. Daheim bin ich die längste Zeit um's Haus g'schlichen, als hätt' ich was g'stohlen ... endlich geh' ich 'nein in d'Stuben, leg's Geld am Tisch und red' kein Wort. Mein Weib wuzelt die längste Zeit d'ran 'rum, dreht jeden Kreuzer dreimal umeinand', und ganz erschrocken sagt's: „Mar' und Josef, Mann, was gibst mir denn da für a Geld? Das langt ja net amal für'n Greisler und für's Milliweib! Der Schuster paßt auch schon auf sein Geld, wie der Teufel auf a arme Seel'! Ja sag' mir nur, Mann, was soll ich denn machen? Ja wo hast denn das Geld hin'than?" — Mit aller Müh' hab' ich's 'rausg'würgt, daß ich a Strafgeld hab' zahlen müssen. Und mein Weib fahrt auf und schreit mich an: „Ja wie kann man denn so ein' alten Arbeiter was abziehen! Mußt höchstens ein' Rausch g'habt haben, sonst thätst Dir so was net g'fallen lassen!" Weib, sag' ich, bring' mich net zur Verzweiflung, ich kann Dir net mehr geben, schneid' mir's 'raus aus'm Leib, wann Dir g'holfen is damit. „No ja, no ja," sagt's, „z'Haus mit'n Weib kannst herumschreien und den Herrn zeigen. Aber wann D' um unser Sach' reden sollst, da bleibt Dir's Maul zu wie a Gruftdeckel ... pfui Teufel, ich schamet mich, Du Feigling Du!" Auf das Wort is mir 's Blut siedheiß in' Kopf g'stiegen ... ich hab' selber net g'wußt, was ich thu' ... aber ich hab' mein' Hand aufg'hoben ... gegen mein Weib! Und 'naus bin ich zur Stuben und fort bin ich ... und ... es is a Schand', daß ich's sag' ... und hab' in mich 'nein'gossen, bis ich total fertig war. Spät in der Nacht bin ich heim 'torkelt .. mein Weib is aus der Stuben 'gangen, wie's mich g'sehen hat ... und draußen auf der Stiegen hat's g'weint die ganze Nacht. [In Thränen.] Und seit der Zeit sind meine Kinder anders gegen mich, und mit mei'm Weib bin ich auseinand'. Sie red't nix und deut't nix ... sie setzt mir mein Essen hin ohne Grüß Gott ... und ohne Gut' Nacht geht's schlafen! [Nach kurzer Pause.] Schauen S', Herr Söllmann ... so viel hängt für unserein' an zwei Gulden siebzig Kreuzer! Was haben denn Sie davon?

Söllmann [bewegt und freundlich]. Es ist mir von Herzen leid, Schubert ... und ich sehe wohl ein, daß bei Ihnen die Strafe einen Unrechten getroffen hat. Aber Ihr müßt auch begreifen, daß in einem geschäftlichen Organismus von so viel hundert Köpfen ein gewisser Zwang zu Fleiß und Ordnung ... [Der gedämpfte Lärm unter den Fenstern steigert sich plötzlich zu wirrem Geschrei; die Arbeiter sehen sich betroffen an; Söllmann zornig.] Was soll das bedeuten?

Kallwasser. Ich bitt', Herr Söllmann ... die Leute haben uns in die Hand versprochen, daß sie sich ruhig halten.

Schubert. Da muß was g'schehen sein!

Söllmann. Staudigl! Sagen Sie den Leuten, daß ich nicht weiter verhandle, wenn dieser Scandal nicht ein Ende nimmt.

Staudigl [ab].

Söllmann. Und jetzt ein Wort mit Euch. Zuvor mit Ihnen, Schubert ... [Freundlicher]. Ich verdopple von heut ab Ihre Bezüge.

Schubert [steht überrascht und verlegen].

Sturm [erregt]. Greif' zu ... bist ja schön heraus!

Kallwasser [lacht].

Schubert [streift die Arbeiter mit vorwurfsvollem Blick]. Ich dank' für den guten Willen, Herr Söllmann. Aber ich will net mehr und net weniger haben, als wie die Andern.

Söllmann. Das war eine brave Antwort. Und ... vielleicht laß' ich mit mir reden. Was also verlangen sie ... diese Andern?

Sturm. Abschaffung der drückenden Ueberstunden, Abschaffung der unmenschlichen Strafgelder ... [Man hört Lärm im Corridor und laute Stimmen, zuletzt die Stimme Gregor's: „Zurück mit ihnen, die Thüre zu." — Man hört den dumpfen Schlag der Hausthür und wildes Geschrei, welches sich langsam wieder dämpft.]

Söllmann. Gregor! [Will zur Thüre, bleibt stehen, starrt regungslos vor sich nieder.]

Paula [ängstlich zu Günther]. Er!

Günther [ernst]. Ich fürchte, er kommt zu böser Stunde.

Schubert [stammelnd]. Jetzt is Alles aus!

Sturm. Das wollen wir erst noch sehen!

Achter Auftritt.

Söllmann. Paula. Günther. Sturm. Schubert. Kallwasser. Die beiden Arbeiter. Gregor.

Gregor [tritt ein, ohne Hut, blaß, schwer athmend, in zorniger Erregung]. Was geht hier vor?

Sturm [trotzig]. Sie haben ja gute Augen und Ohren ...

Schubert [beschwichtigend]. Franzl!

Gregor [auf Sturm zutretend]. Frecher! Eines hab' ich schon gemerkt: daß ich Euch nicht sonderlich gelegen komme! Aber um mich abzuhalten, hättet Ihr für einen Muthigen sorgen müssen, nicht für hundert schreiende Mäuler. Nun bin ich hier! Was wollt Ihr?

Sturm. Von Ihnen? Nichts! Unser Auftrag ...

Gregor. Mich gelüstet nicht, ihn zu hören. Eure Forderungen kenn' ich bereits ...

Sturm. Alle vielleicht ... bis auf eine!

Kallwasser. Recht so, Franzl! Sag's ihm!

Schubert [gleichzeitig]. Franzl! Ich bitt' Dich um Gotteswillen! [Zieht ihn zurück.]

Sturm. Laß mich aus, sag' ich! [Reißt sich los.] Ja, Herr Söllmann, eine letzte Bedingung ... wenn Fried' werden soll zwischen uns und Ihnen . . . [Auf Gregor deutend.] dann schaffen Sie uns Den vom Hals! [Pause.]

Gregor. Herr Söllmann, ich muß es Ihnen überlassen, auf diese Bedingung eine Antwort zu geben.

Söllmann. Herr Stark ist seit gestern . . . Theilhaber meines Geschäftes.

Sturm, Kallwasser [sehen sich erschrocken an].

Schubert [fährt auf]. Herr Söllmann! [Pause. — Dann mit schwankender Stimme.] Komm, Franzl, komm, Anton! Unser G'schäft is aus. [Zieht die Beiden zur Thüre.]

Paula. Vater! [Rüttelt Söllmann am Arme.] Laß sie nicht so von Dir gehen!

Gregor [gleichzeitig.] Halt! Ihr habt gehört, daß mein Wille gilt . . . und mein Wort! Nun will ich sprechen! Ihr wollt Eure Drohung zur That machen, den Strike beginnen?

Die Arbeiter. Ja, wir müssen! Ja!

Gregor. Gut! Aber zuvor noch Eins! Schubert! [Reicht ihm einen Bogen.] Lesen Sie dieses Blatt! Lesen Sie die Unterschriften!

Schubert [liest, seine Hände zittern]. Da . . . da! [Reicht das Blatt den Arbeitern und greift wankend nach einem Stuhl.]

Günther. Schubert!

Paula [gleichzeitig]. Was ist Ihnen? [Beide eilen auf Schubert zu.]

Gregor. Nicht wahr, das kommt Euch ungelegen. Ihr dachtet einen Wehrlosen zu überfallen, Hunderte gegen Einen, und nun seht Ihr in der Hand dieses Einen eine Waffe gegen Euch alle! Ihr habt mich gezwungen zur Nothwehr!

Sturm. Da! [Zerknüllt das Blatt und schleudert es Gregor zu.] Das ist meine Antwort!

Kallwasser. Recht so, Franzl!

Schubert [dumpf]. Alles is aus! [Hebt das Blatt auf und glättet es.]

Günther. Nein! Das ist mehr als Nothwehr! Das ist Härte!

Gregor. Herr, Sie scheinen Ihre Stellung zu vergessen ... scheinen zu vergessen, daß Ihre beste Weisheit Schweigen ist!

Günther. Herr Söllmann! Es ist nicht gut, was hier geschieht! [Auf Söllmann zutretend.] Als dieser alte Mann in seiner schlichten Weise von seinen Sorgen sprach, da waren Sie bewegt, ergriffen. Geben Sie dieser Regung nach! Eine freundliche Hand, die sich zum Frieden bietet ... und aus hundert Unzufriedenen haben Sie hundert dankbare Menschen geschaffen ...

[Bewegung unter den Arbeitern.]

Schubert [stammelnd, die Hände streckend]. Ja, ja, Herr Söllmann, ja!

Gregor [vortretend, scharf]. Ich will dieser Komödie ein Ende machen! [Reißt das Blatt aus Schuberts Hand.] Sturm! Kallwasser! Ihr Beide seid entlassen! Wenn ich Euch nach Ablauf einer Viertelstunde noch innerhalb der Fabriksmauer treffe, laß' ich Euch mit Gewalt entfernen. Dort ist die Thüre!

Sturm. Oho! Langsam!

Gregor. Glaubst Du, daß ich Deine Fäuste fürchte? Fort!

Sturm. Ja zum Teufel ...

Schubert [faßt Sturm an den Armen]. Franzl! Franzl!

Sturm. Hast recht, der ist ja nicht werth, daß ich mich vergreif' an ihm!

Gregor. Meine Geduld hat ein Ende!

Kallwasser. Wir gehen ja schon.

Sturm. Ja ... wir gehen! [Auf Gregor deutend.] Und Der, Herr Söllmann, der bleibt Ihnen ... zur Vergeltung!

[Ab mit den Arbeitern.]

Paula. Vater!

Söllmann [sinkt in einen Stuhl].

Gregor [mit scharfer Stimme]. Schubert!

Schubert [wendet sich an der Thüre] Herr Director!

Gregor. Sie können im Geschäft verbleiben.

Schubert. So?

Gregor. Und nun gehen Sie hinunter und theilen Sie den Leuten den Inhalt dieses Blattes mit, auf welchem sich alle Arbeitgeber im Umkreis der Stadt solidarisch erklärten. Wer die Arbeit bei uns verweigert, wird in keiner Fabrik Arbeit finden.

Schubert. So?

Gregor. Wer binnen einer Stunde die Arbeit wieder aufnimmt, soll uns willkommen sein ... wer nicht, der kann seiner Wege gehen.

Schubert. So? ... No ja ... den Auftrag, den S' mir 'geben haben, den will ich ausrichten. Und er wird ja wohl auch zu dem helfen, was Ihnen taugt ... unter hundert müssen ja neunzig an Weib und Kinder denken. Ich aber will vor Denen nix voraus haben, die S' da 'nausg'jagt haben zur Thür'. Zwanz'g Jahr' lang hab' ich ausg'halten da drüben an der Bank, ich mein' schier, mein' Hand is verwachsen mit dem Hammerstiel, den ich g'führt hab'! Aber bleiben? Jetzt noch bleiben? Wo ich mir in jeder Stund' denken müßt', daß ich mit all' mei'm Fleiß und meiner Arbeit net mehr bin, als was Sie aus die Menschen machen ... na, Herr, da geh' ich schon lieber, und wann's mir auch gleich an's Leben greift ... b'hüt' Gott, Herr Söllmann! [Ab.]

Neunter Auftritt.

Söllmann. Paula. Gregor. Günther.

Günther. Herr Söllmann! Ich bitte Sie! Lassen Sie den alten Mann nicht gehen! Er ist der beste Ihrer Arbeiter ...

Gregor [schneidend]. Ueberlassen Sie es mir, den Werth unserer Leute zu bemessen ... vielleicht auch Ihren Werth!

Günther. Herr!
Söllmann. Gregor!
Paula [tritt hastig näher].

G r e g o r. Sie sind kein Beamter dieses Unternehmens . . . Ich kann den Volontär nicht entlassen . . . aber den guten Rath kann ich Ihnen geben, die Erfahrungen, die Sie bei uns gesammelt . . . [Mit einer Handbewegung.] anderweitig zu verwerthen.

P a u l a [eilt erschrocken auf Söllmann zu].

G ü n t h e r [mit erstickter Stimme]. Herr Söllmann? Ist dieses Wort . . . auch I h r e Meinung?

S ö l l m a n n [dumpf]. Es ist gesprochen . . . ich kann es nicht widerrufen.

G ü n t h e r. Herr Söllmann!
P a u l a. Vater!

[Pause.]

G ü n t h e r [fest]. Meine Bücher sind in Ordnung, die Uebergabe kann mit jeder Minute erfolgen. Wer soll sie vornehmen?

S ö l l m a n n [ohne aufzublicken]. Herr Sommer.

G ü n t h e r. Ich danke. [Wendet sich zur Thüre.]

S ö l l m a n n [macht eine Bewegung, versinkt wieder in sich].

G ü n t h e r [bleibt vor Paula stehen und scheint sprechen zu wollen, reißt sich gewaltsam los und geht hastig ab].

P a u l a [streckt die Hände nach ihm; unter Thränen]. Vater! Laß ihn nicht gehen . . . ich bitte Dich! Mir ist, als ginge das Glück von Dir!

G r e g o r [halb für sich]. Wessen Glück?

S ö l l m a n n [ausbrechend]. Ich k a n n ihn nicht halten!

P a u l a. Ja, ja, Du kannst es, wenn Du nur willst! Ich ruf' ihn zurück! [Eilt ab.]

S ö l l m a n n. Paula! [Blickt starr nach der Thüre.]

G r e g o r [lächelnd]. Ich habe Ihren Wunsch erfüllt!

S ö l l m a n n [fährt auf und bleibt vor Gregor stehen; die Augen der Beiden halten sich gefesselt; er streicht die zitternde Hand über die Stirne, wendet sich langsam und geht mit müden Schritten nach rechts ab].

Zehnter Auftritt.

Gregor.

Gregor [mit leisem Lachen]. Er fühlt die Kette, an der ich ihn führe! Nun steh' ich auf der Höhe! Ein Zufall hat das Glück in meine Hand gegeben, ich will es halten! [Wendet sich zum Antritt, gewahrt das Etui und nimmt es hastig auf.] Oh! [Lacht.] So weit schon? Es war an der Zeit, daß ich dazwischen trat. [Betrachtet das Etui, lacht.] Sein Monogramm in Gold . . . und . . . köstlicher Zufall . . . zugleich das meine! Was hindert mich, diese Buchstaben zu tauschen und mich an meine Lesart zu halten? [Lacht.] Was meinen Namen trägt, ist mein! [Steckt das Etui in seine Brusttasche; man hört unter den Fenstern heftiges, langsam sich wieder dämpfendes Geschrei; Gregor horcht lächelnd auf.] Nun hören sie meine Antwort!

Elfter Auftritt.

Gregor. Paula.

Paula [tritt ein, gedrückt]. Wo ist mein Vater?

Gregor. Ihr Vater hat sich zurückgezogen . . .

Paula [wendet sich zum Gehen].

Gregor [vertritt ihr den Weg]. Aber ich bin hier!

Paula. Was wir Beide uns zu sagen hatten, ist wohl abgesprochen.

Gregor. Oh nein!

Paula [leidenschaftlich, mit Thränen kämpfend]. So hätten Sie Lust, zu hören, . . . [Starker Lärm unter den Fenstern.] Nein . . . [Zum Fenster deutend.] Das ist die Stimme, die Alles besser sagt, als ich es zu sagen vermöchte!

Gregor [während der Lärm sich dämpft und entfernt]. Die Stimme von Kindern, die sich ihren Aerger von der Lunge schreien, weil ihnen versagt wurde, wonach sie die unersättlichen Hände streckten.

Paula. Unersättlich? Weil sie nach Luft verlangen, um zu athmen, nach Brot, um zu leben?

Gregor. Lust haben sie, mehr als nöthig ... und das Maß des Brotes zu bestimmen, das muß wohl uns überlassen bleiben, die wir es geben!

Paula [mit zornigem Lachen]. Wir? Sie haben sich schnell den pluralis majestatis angewöhnt.

Gregor [lächelnd]. Man fühlt sich auf der Höhe, auf die man sich stellte.

Paula [gereizt]. Es ist nicht gar so lange her, daß Sie etwas tiefer standen.

Gregor. Richtig! Aber zu meinem Glück war ich aus jenem kräftigen Holz, das auf der Flut des Lebens umso rascher zur Höhe steigt, je tiefer man es niederdrückt.

Paula [spottend]. Zur Höhe! Von welcher man niederschauen kann ... der Herr ... auf die Knechte!

Gregor. Knechte? Dieses Wort scheint Sie schmerzlich zu berühren. Aber mit kleinen Empfindsamkeiten, mein Fräulein, schafft man große Gegensätze nicht aus der Welt Ein arabisches Sprichwort sagt: Ich bin Herr und Du bist Herr, wer striegelt dann das Pferd?

Paula. Verzichten Sie auf das Vergnügen, zu reiten, dann haben Sie es nicht nöthig, diese Frage zu lösen.

Gregor. Sie führen Ihre Sache mit Geist Aber ... Sie haben im Stalle doch auch ein Reitpferd stehen, das Sie mit Zucker füttern?

Paula [verwirrt]. Ich kann es entbehren.

Gregor. Gewiß! Auch die Loge im Theater, die englische Robe und den Pariser Hut. Wie aber, wenn Sie auch die Reinheit des Gewandes entbehren müßten, das Ihren jungen, schönen Leib umhüllt, den Duft der Rose, den Sie lieben, den Genuß des Schönen, der Ihnen Bedürfnis ist .. und das Alles sind doch Dinge, für welche tausend Hände schaffen müssen, die Hände der Knechte für den Bedarf der Herrin ... tauschen Sie dafür doch Elend, Schmutz und Mühsal ein, alle Bitterkeit und allen Ekel des niedersten Lebens ... [Auflachend.] Sie schweigen?

Paula [in Zorn und Thränen]. Gib mir Worte, mein Herz!

Gregor [mit Kraft, fließend]. Ja, entbehren, was man nicht vermißt, das ist eine leichte Kunst ... aber entbehren müssen, was man nicht entbehren kann, das ist eine andere Frage, ... und gerade diese Frage stellt das prüfende Leben am allerliebsten ... nur mit dem Unterschied, daß sich das Fragezeichen bei dem Einen vor eine Rinde Brot stellt, bei dem Andern vor Reichthum, Macht und Größe. Der Eine kann den Kreuzer nicht entbehren, der Andere nicht die Million.

Paula. Und dieser Andere ... das ist wohl Ihr Fall?

Gregor [stolz]. Und wenn es so wäre .. soll ich nicht kämpfen dürfen um Alles, wonach ich brenne? Wen das Schicksal auf eine große Welle des Lebens warf, den wird diese Welle nicht tragen, wenn er sie nicht schlägt mit seinen Armen. Und wenn ich schon wählen muß zwischen Hammer und Ambos, zwischen Herr und Knecht, so entscheid' ich mich für den Hammer und für den Herrn.

Paula. Und wenn sich nun jeder entscheiden möchte nach Ihrem Muster ... welch' ein Leben! Ein Leben, in welchem Einer wider den Anderen stünde in Neid und Haß, in Gier und Wahnsinn!

Gregor [lachend]. Ja, mein Fräulein, das wäre ein verwünschter Zustand! Aber wenn die Natur einen Starken schuf, dann ist sie müde von der großen That und setzt zu Tausenden die Schwachen in die Welt. Hören Sie nur, wie stumm da draußen die Stimme geworden ist, welche Sie angerufen gegen mich ... und wenn es Ihnen beliebt, an meinem Arm eine Promenade durch die Werkstätten zu machen, dann werden Sie die ungeberdigen Schreier still und geduldig bei der Arbeit finden ... so geduldig, wie ich sie brauche.

Paula Wenn ich mich überwinden könnte, diesen Gang zu thun, ich möchte die haßerfüllten Blicke nicht zählen ...

Gregor. Ich sehe sie nicht!

Paula. Und nicht die stillen Flüche ...

Gregor. Ich höre sie nicht! Ich sehe nur die Arbeit, die mir dient, höre nur das Rollen der Maschinen, welche schaffen für meine Zwecke.

Paula [betrachtet ihn, nach kurzer Pause, mit ruhigem Ernst]. Ja, schwingen Sie den Hammer, Sie sind geschaffen, um zu schlagen ... blind und taub am Herzen!

Gregor. Oh, auch ich verstehe mit der Seele zu hören, zu sehen mit meinem Herzen. Oder sollten Sie vergessen haben, daß ich Sie liebe?

Paula [weicht zurück]. Lassen Sie mich aus Ihrem Spiel!

Gregor [scharf, lächelnd]. Ich kann es nicht, meine Rechnung würde nicht stimmen ohne diese schöne Zahl!

Paula. So steht es mir ja wohl noch frei, mich einer Sprache zu entziehen, die mich beleidigt. [Will gehen.]

Gregor [vertritt ihr den Weg]. Die Sprache meiner Liebe ... eine Sprache, die beleidigt? Ach ja, ich vergaß vom holden Frühling zu schwatzen, vom Nachtigallenschlag, von springenden Knospen und vom Mondschein! Ich vergaß, aus Rosen zierliche Sträußchen zu binden und zärtliche Reime zu schmieden. Aber stumm ist meine Liebe nicht, nur redet sie eine andere Sprache. [Mit stolzer Kraft, leidenschaftlich wachsend.] Mein Frühling ist jeder Morgen, der mich zur Arbeit weckt, mein Vogelsang das Pfeifen der Motoren, mir strahlt der Mondschein aus den hundert Lampen der Werkstätten, wenn sie leuchten vom Abend bis zum Morgen, und in meinen Liedern reimen sich die Kolbenstöße der Dampfmaschinen. Dem Mädchen, das ich liebe, sag' ich nicht: sei mein, ich will Dich auf Rosen betten, will Dir die Erde wandeln zum Paradies ... ich sage: sieh mich an, aus diesem Kopf, mit diesen Armen will ich ein Werk erbauen, groß, herrlich und mächtig. Ich fühle in mir eine Flamme vom Geiste jener Fugger und Welser, die hervorgingen aus niederer Hütte, um eine Herrschaft zu errichten, vor der sich Fürsten beugten, und welche die Erde umspannte mit ihrer Macht. Und die Krone dieser Herrschaft . . . auf diesem schönen, stolzen Haupte soll sie ruhen . . . [Zieht Paula an sich.]

Paula [hat die Ballustrade bestiegen und staunend zu Gregor aufgeblickt, wie gefangen unter dem Bann seiner kraftvollen Persönlichkeit, stammelnd]. Lassen Sie mich! . .

Gregor. Ueber Tausende will ich Dich erheben, Tausende sollen Dich beneiden . . .

Zwölfter Auftritt.

Die Vorigen. Söllmann.

Söllmann [von rechts].

Paula [wie aus einem Taumel erwachend]. Vater! [Eilt auf ihn zu, das Gesicht an seiner Brust bergend.]

Gregor. Sie finden mich und Ihre Tochter verschiedener Meinung. Ihre Tochter will noch nicht völlig glauben, daß ich sie liebe.

Söllmann [stammelnd]. Gregor . . .

Gregor. Ihre Tochter will nicht glauben, daß meine Wahl den vollen Beifall des Vaters hat . . . daß wir die Verlobungsringe noch heute tauschen.

Söllmann [stammelnd]. Noch . . . heute . . . ?

Paula [angstvoll]. Vater!

Söllmann. Gregor . . . lassen Sie mich allein mit meinem Kind.

Gregor. Wenn Sie es wünschen . . . nur muß ich bitten, mich nicht allzulange warten zu lassen. Meine Liebe hat ihre Geduld verloren. [Ab nach rechts.]

Dreizehnter Auftritt.

Söllmann. Paula.

Paula [hastig auf Söllmann zutretend]. Vater! Wie soll ich das Alles verstehen . . .

Söllmann. Ich bitte Dich, Paula . . . laß mich zur Besinnung kommen . . .

Paula [Söllmann's Hände fassend]. Martere mich nicht . . . oder . . . [Angstvoll zurücktretend.] . . soll ich glauben müssen, daß er ein Recht hatte, so zu sprechen?

Söllmann [macht hastig eine abwehrende Geste, besinnt sich, sinkt mit einer bejahenden Geberde auf einen Stuhl].

Paula [aufschreiend]. Vater! [Schlägt die Hände vor das Gesicht.]

Söllmann. Paula, . . . komm zu mir! [Paula steht abgewendet.] Denke zurück, Paula . . . damals . . . als Deine gute Mutter in schwerer, schmerzvoller Krankheit lag.

Paula [aufschluchzend]. Vater! [Eilt auf ihn zu, sinkt auf die Kniee und gräbt das Gesicht in seinen Schooß.]

Söllmann [während er Paula's Haupt mit scheuer Zärtlichkeit streichelt]. Das waren schwere Tage . . . für Dich und mich . . . aber in Deinem Herzen brannte ja nur die Sorge um die Mutter . . . in mir noch Anderes!

Paula [hebt langsam das Gesicht].

Söllmann. Ich liebte Deine Mutter . . . und während ich in der Sorge um ihr theures Leben ruhelos die Tage verbrachte, schlaflos die Nächte, stand noch ein anderes Gespenst vor mir, der drohende Ruin meines Geschäftes.

Paula [die Arme um seinen Hals schlingend]. Mein armer Vater!

Söllmann. Das Glück der ersten Zeit hatte mich übermüthig gemacht, ich baute zu viel, ich speculirte über meine Kräfte . . und dann kam der Rückschlag. Meine Mittel wurden knapp, eine Stockung folgte der anderen . . und dann . . . als ich schon mit jeder Stunde fürchten mußte: Alles bricht zusammen über mir . . . dann plötzlich kam ein Tag, der mir die Rettung brachte.

Paula [athmet tief auf].

Söllmann [rasch]. Ich hatte einen Freund von Jugend auf, wir wählten den gleichen Beruf . . . aber ich kam vorwärts, während er hängen blieb an allen Haken des Lebens . . . er war so unpraktisch in allen geschäftlichen Dingen, dabei aber ein heller, erfinderischer Kopf . . .

Paula. Stephan's Vater!

Söllmann [erstaunt]. Stephan's Vater? .. Stephan's? ... Ach ja, Stephan Günther's Vater ... ja, er! Und ... er hatte merkwürdige Einfälle Und ... damals ... da kam er ganz unerwartet zu mir ... ich sah es gleich seinem Gesichte an, daß etwas Besonderes vorging ... er lächelte so eigen, als er mir die Pläne vorlegte, die er gebracht ... die Pläne einer neuen Maschine. Nur einen Blick warf ich auf die Blätter, und da schoß es mir wie eine siedende Welle in den Kopf: Das ist die Rettung! Wenn diese Erfindung mein wäre, könnt' ich meine Arbeitskräfte vermindern und doch die Leistungsfähigkeit meiner Werke um das Drei- und Vierfache steigern, ich mußte in kurzer Zeit all' meine Concurrenten überflügeln, ich ... [Er ist in einen geschäftsmäßig eifrigen Ton gerathen; plötzlich bricht er ab; mit verwandelter Stimme.] Aber das verstehst Du nicht! Mit Gewalt verbarg ich meine Erregung ... aber er ... zum erstenmal in seinem Leben verstand er den Werth seiner Arbeit ... ich bot ihm einen Antheil am Gewinn ... aber er verlangte Geld, eine unmenschliche Summe ... woher hätt' ich sie nehmen sollen . meine Casse war leer, mein Credit erschöpft ... ich suchte ihn zu bereden ... bat ihn, mir Bedenkzeit zu lassen ... nur über die nächste Nacht ... und er vertraute mir ...

Paula [in beginnender Angst]. Mit Recht, Vater ... nicht wahr, mit Recht?

Söllmann [streift Paula's Gesicht mit einem irren Blick; nach kurzer Pause]. Er vertraute mir die Pläne ... und ging! O, diese Nacht! Am Bette Deiner Mutter saß ich ... ich marterte meinen Kopf ... und fand keinen Ausweg. Und dann, am anderen Morgen ... wir hatten eine Stunde festgesetzt ... da kam er nicht! Er kam nicht! Ich erschrack ... ich fürchtete, daß er zu einem Anderen gegangen ... ich fuhr nach seiner Wohnung . und als ich das Haus betrat, da trug man ... einen Sarg über die Treppe ...

Paula [springt auf]. Vater!

Söllmann. Wie ein Blitz kam die Ahnung über mich ... [Springt auf.] ich packte einen dieser Menschen. „Wer?" schrie ich ihn an ... und man nannte mir seinen Namen!

Paula [aufschreiend]. Er war gestorben in dieser Nacht?

Söllmann [nickend]. Ein Schlagfluß!

Paula. Und was thatest Du?

Söllmann. Was ich mußte! ... In mir war nur ein Gedanke: Niemand weiß um das kostbare Geheimnis, als dieser Todte, für den es keine Hilfe mehr gibt ... und ich, der Bedrängte, der Sinkende, dem die Rettung vor den Händen liegt ... dieser Gedanke war schon der Entschluß ... ich fuhr nach Hause, ließ die Pferde peitschen ... ich holte die Pläne, fuhr aufs Amt ... und nahm das Patent .. auf meinen Namen.

Paula [entsetzt]. Vater!

Söllmann. Es war Nothwehr, Paula ... Nothwehr!

Paula. Nein, Vater, nein, es war ... [Schlägt die Hände vor das Gesicht.]

Söllmann. Mein eigenes Kind verdammt mich ... wie wird es mir ergehen vor meinem Richter! [Sinkt auf einen Stuhl.]

Paula. Richter? ... [Eilt auf ihn zu und wirft sich schluchzend an seine Brust.]

Söllmann. Denn Er, Paula ... [Nach der Thüre rechts deutend.] er weiß es ... er hat mich in seiner Hand ...

Paula [hebt langsam das starre Gesicht].

Söllmann. Und er will in die Höhe ... über mich hinweg ... mit Deiner Hilfe ... der Preis meiner Ehre ist Deine Hand.

Paula [tonlos]. Ich kann nicht, Vater!

Söllmann [dumpf]. Dann bleibt mir nur noch Eines übrig. [Das Gesicht bedeckend.]

Paula [fährt auf, reißt ihm die Hände vom Gesicht und sieht ihm starr in die Augen].

Vierzehnter Auftritt.

Die Vorigen. Staudigl.

Staudigl [stürzt in freudiger Erregung zur Thüre herein]. Herr Söllmann . . . [Stutzt und verstummt.]

Paula [erhebt sich, wie um ihren Vater zu schützen, und steht regungslos].

Söllmann [stotternd]. Ist Jemand hier?

Staudigl. Ich, Herr Söllmann!

Söllmann. So? So? Was wollen Sie?

Staudigl. Eine gute Nachricht bring' ich . . . in der Fabrik ist Ruhe. Sturm, Kallwasser, Schubert und noch ein Dutzend haben sich auf die Socken gemacht, alle Andern haben die Arbeit wieder aufgenommen.

Söllmann. So? So? Schon gut!

Staudigl. Schon gut? Ich hätte gedacht, daß Sie diese Nachricht anders aufnehmen. Bedanken Sie sich bei unserem Director . . . das ist ein Goldmensch . . . einen zweiten gibt es nicht!

Söllmann. Schon gut . . . Sie können gehen, ich danke Ihnen.

Staudigl [schüttelt verwundert den Kopf, geht ab].

Söllmann [springt auf, geht hastig in die Mitte der Bühne, drückt die Fäuste vor die Stirne, wendet sich dann langsam gegen Paula, scheu und zögernd]. Paula?

Paula [ohne Bewegung, tonlos]. Geh, Vater . . . bring' ihm . . . mein . . . Jawort.

Söllmann [stürzt auf Paula zu, ihre Hände fassend]. Kind!

Paula. Ich habe keine Mutter mehr . . . soll ich auch den Vater verlieren?

Söllmann [sinkt auf den Stuhl und drückt das Gesicht auf Paula's Hände].

Paula. Aber . . . nicht ohne Bedingung, Vater. Wenn ich schon elend werde, soll es doch Menschen geben, denen mein Elend zum Glücke wird. Ich will, daß Du Frieden machst mit Deinen Leuten.

Söllmann. Ja, mein Kind!

Paula. Rufe die Andern zurück . . . jenen alten Mann . . .

Söllmann. Ja, mein Kind.

Paula. Nur Einen kannst Du nicht zurückrufen . . .

Söllmann [leise]. Günther! . . .

Paula [mit schwankender Stimme]. Und ihm . . . ihm kannst Du auch nicht mit Geld bezahlen, was Du ihm genommen.

Söllmann [von einer Ahnung erfaßt]. Paula . . . er ist Dir mehr, als ich denken konnte!

Paula [in Thränen]. Ich hab' ihn lieb, Vater.

Söllmann (tonlos). Mein armes Kind! [Will sie umfassen, läßt die Arme sinken und wendet sich zur Thüre rechts.]

Paula [steht regungslos, ins Leere starrend; mit schwankender Stimme, schmerzvoll lächelnd]. Wie glücklich wären wir geworden!

[Der Vorhang fällt.]

Unverkäufliches Manuscript.

Vierter Aufzug.

Helenen's Zimmer wie zu Anfang des zweiten Aufzuges.

[Auf dem Tische steht eine Lampe und ein kleiner Spiegel, einzelne Toilettengegenstände liegen daneben. — Es ist Abend.]

Erster Auftritt.

Frau Petersen. Pley.

Frau Petersen [lehnt neben der offenen Balkonthür und strickt an einem langen Strumpf]. Ja, lieber Herr Pley, Sie werden die Menschen auch nicht anders machen. Wie sie heute sind, so waren sie immer.

Pley [kniet auf dem Balkon, das Maß zu einem neuen Geländer nehmend]. Glauben Sie nur das nicht. Wir leben in einer neuen Zeit, die Alles auf den Kopf stellt, auch die Menschen.

Frau Petersen. Lassen Sie mich mit der neuen Zeit in Ruhe. Die alte Zeit ist auch einmal neu gewesen. [Zieht die Nadel aus und kraut sich mit derselben in den Haaren.] So war's meiner Lebtag'. Wer Nichts hat, der hätte gerne, was die Andern haben; und wer 'was hat, der will's behalten.

Pley. So? Na ja! Wenn ich behalten will, was ich in dreißig Jahren kreuzerweis erspart hab', das ist wohl gar ein himmelschreiendes Unrecht? [Zeichnet das Maß in sein Notizbuch.]

Frau Petersen. Ja, ja, Sie haben Recht, aber die Andern haben auch Recht! Ein Gesell' ist auch ein Mensch, so gut wie jeder Meister!

Pley. Natürlich, Sie haben leicht reden. Ihren Strumpf, den stricken Sie allein, da brauchen Sie keinen Gesellen dazu . . . einen Dienstboten halten Sie auch nicht . . . [Steht auf.]

Frau Petersen. Gott soll mich bewahren! Damit ich nur ja keine ruhige Stund' mehr hätt' in meinem Haus.

Pley. Na also, sehen Sie, sehen Sie? Was Sie wohl dazu sagen möchten, wenn Sie so eine großmäulige Trutschl im Haus hätten, die ihren richtigen Lohn hat, Zehrung und Quartier, und eines Tages käm' sie: [Mit äffendem Ton.] Frau Petersen, mir ist der Lohn zu wenig, geben Sie mir noch fünf Gulden drauf oder putzen Sie gefälligst Ihre Stiefeln selber. [Sammelt seine Werkzeuge, nimmt die Schürze ab und zieht den Rock an.]

Frau Petersen. Na, der möcht' ich kommen mit der Richtung, und dazu hätt' ich ein Recht, weil ich die Frau bin.

Pley. So! Und ich hab' Recht, weil ich der Meister bin. Und ich geb' nicht nach, und wenn mir auch die Lumpenkerle meinetwegen noch acht Tage aus der Werkstatt fortbleiben.

Frau Petersen. [gähnt]. Wie lang' dauert's denn schon bei Ihnen?

Pley. Heut' wird's eine Woche Aber ich geb' keinen Kreuzer mehr, und wenn mir das Wasser ins Maul läuft! Bis an den Hals geht's mir so wie so schon . . . ein reines Glück, daß mir die Lehrbuben noch geblieben sind . . . an denen kann ich doch wenigstens meinen Zorn ausbeuteln. [Lehnt die Balkonthür zu.] Na . . . ich bin fertig!

Zweiter Auftritt.

Die Vorigen. Dönning.

Dönning [von außen]. Frau Petersen?

Frau Petersen [rufend]. Ja, Herr Dönning! [Zu Pley.] Ich bitt' Sie, Herr Pley, bringen Sie mir nur das neue Geländer so bald als möglich! Ich hab' an dem einen Schreck gerade genug gehabt.

Pley. Kann's Ihnen vor morgen Mittag nicht versprechen. Sperren Sie nur die Balkonthür zu!

Frau Petersen. Das hätt' mir der eigene Verstand auch eingegeben. [Geht zur Balkonthür.]

Dönning [tritt unter die Thüre]. Aber Frau Petersen . . .

Frau Petersen [sich zu ihm wendend]. Ja, Herr Dönning? [Sie wickelt ihr Strickzeug zusammen.]

Dönning. Guten Abend, Herr Pley!

Pley. Guten Abend, Herr Dönning. Schon zu Hause? Na, wie steht's denn bei Ihnen draußen in der Fabrik?

Dönning [zerstreut]. Was kümmert's mich!

Pley. Sie haben's halt gut, Herr Dönning. Sie stehen gerade mitten drin, halb Herr und halb Arbeiter, was geht Sie der ganze Rummel an! Sie halten's mit Dem, der's am besten hat.

Dönning [an den Thürpfosten gelehnt]. Ach, lieber Herr Pley, Einer hat's wie der Andere, bei dem Einen striken die Gesellen, bei dem Andern das Glück, und das nimmt die Arbeit nicht wieder auf, wenn man ihm auch mit vollen Händen zulegen möchte an Dank und Lohn!

Frau Petersen [von seinem Ton befremdet]. Aber, aber, Herr Dönning!

Pley. Das haben Sie auch nicht in der Fabrik gelernt. Das war ein gescheidtes Wort, und aus den Fabriken kommt nichts Gescheidtes. Wie's heute steht, das haben nur die Fabriken auf dem Gewissen!

Frau Petersen. Na, na, na! Ihre Frau wird in die Haut hinein froh sein, wenn sie ein Stückl Fabrikswaare billiger bekommt!

Pley. So? Eine Tracht Prügel kann sie haben, wenn sie mir nur ein Fadenrestl Fabrikswaar' ins Haus bringt. Aber . . . meinetwegen . . . geh's, wie's will! Guten Abend, Frau Petersen! Guten Abend, Herr Dönning!

Dönning [welcher immer unter der offenen Thür lehnte, an den Nägeln kauend, tritt etwas zur Seite, um Pley hinauszulassen]. Adieu!

Frau Petersen. Guten Abend, Herr Pley!

Pley. Fabriken! Hol' sie der Teufel alle miteinander! [ab].

[Es beginnt zu dämmern; über den Horizont zieht sich ein blutrother Lichtstreif.]

Dritter Auftritt.

Frau Petersen. Dönning.

Dönning [tritt zögernd ein]. Fräulein Helen' ist wohl ausgegangen?

Frau Petersen. Fällt ihr gar nicht ein. Drüben steht sie vor meinem Spiegelschrank, weil ihr der Scherben dort zu klein geworden ist . . . und putzt sich . . .

Dönning [leise]. Für ihn!

Frau Petersen. Als ging' es zur Hochzeit! Na, das hat noch Zeit!

Dönning. [ballt die Fäuste]

Frau Petersen. Ich hab' immer geglaubt, ich hätte das Mädel ausstudiert. Aber seit heute Mittag ist sie rein wie verwandelt, das schönste Kleid hat sie hervorgesucht, das sie nicht mehr getragen hat, ich denk's gar nicht, wie lange . . . und Locken hat sie sich gewickelt, und an der Stirne hat sie sich die Härchen gebrannt, wie eine Comteß oder wie . . . [Schlägt sich auf den Mund.]

Dönning [der in qualvoller Unruhe zuhörte]. Klatschen Sie nicht, Frau Petersen. Wer schön ist, hat ein Recht, sich schöner zu machen.

Frau Petersen. Ach was, schön . . . Den da, [Nach der Thüre deutend.] den fängt sie sich doch nicht wieder ein . . . mit den Locken! Aber wissen möcht' ich, was über das Mädel gekommen ist! Das halbe Unglück von heute kann sie doch nicht so verwandelt haben! Das heißt, merkwürdig war es schon . . . denn wie ich das Geländer knacken höre und gerade noch hinzuspringe, daß ich sie am Rockflügel zu fassen kriege .. weiß Gott, einen Gedanken, wenn ich zu spät komme, dann liegt sie drunten im Wasser . . . und dann gute Nacht, armes Ding . . . Was ist Ihnen, Herr Dönning? [Die Helle am Horizont erlischt; dunkle Wolken steigen auf.]

Dönning [der in Grauen die Hände vor das Gesicht geschlagen, ausweichend]. Nichts . . . es ist so schwül im Zimmer.

Frau Petersen. Das war aber heut' auch eine Hitze zum Verschmachten. Sie werden sehen, wir bekommen vor Nacht noch ein Gewitter . . . da . . . es zieht ja schon ganz schwarz über die Felder herauf. Ja . . . und wie ich sie so zu fassen kriege, und reiße sie zurück . . . ich denke schon, sie wird vor Schreck alle Zustände kriegen . . . da steht sie und lacht mich an mit dem ganzen Gesicht und sagt: „Ich soll noch leben und glücklich sein!“ . . .

Dönning [versunken]. Leben . . . und glücklich sein!

Frau Petersen [lachend]. Als ob es so sein müßte?

Dönning. Als ob es so sein müßte! Sehr richtig, Frau Petersen . . . Sie sind eine gescheidte Frau! In der Welt geht so Vieles aus dem Leim . . . nicht wahr? .. weshalb sollten Glück und Leben immer zusammenhalten?

Frau Petersen [unwillig] Jetzt hören Sie mir aber auf, Sie . . . [Man hört Helenen's trällernde Stimme.] Da . . . das zwitschert wie ein ausgefrorener Vogel im Frühjahr, gerad', als ob er sagen wollte: na, jetzt ist der Winter auch vorbei, jetzt kommen die schönen Tage, da wollen wir 'mal . . .

Vierter Auftritt.

Die Vorigen. Helene.

Helene [tritt hastig ein, mit fröhlichem Trällern, ein brennendes Licht in der Hand; sie ist in ein weißes, duftiges Negligé gekleidet, die Haare liegen ihr in schweren Locken auf dem Nacken; die Bühne, welche während der vorigen Scene langsam dunkel wurde, wird plötzlich hell]. Oh . . . Gesellschaft! [Hebt das Licht hoch, nickt Frau Petersen zu, geht zum Tisch und stellt das Licht darauf; zu Dönning, der sich verlegen an die Wand zurückgezogen hat.] Das ist lieb von Ihnen . . . guten Tag, Herr Dönning!

Frau Petersen [lachend] Guten Tag? Und draußen stecken sie die Laternen an! [Zündet die Lampe an.]

Helene [mit sinnendem Lächeln]. Guten Tag? Nun soll es Tag bleiben ... es soll nicht wieder Abend werden! ... Was sehen Sie mich so an, Herr Dönning? [Tritt vor ihn hin, hebt die Arme und schüttelt die Locken.] Nun ... gefall' ich Ihnen?

Dönning [mit leiser, bebender Stimme]. Sie sind schön!

Helene [freudig auflachend]. Hören Sie, Frau Petersen ... [Umfaßt sie und dreht sie tanzend, in übermüthigem Jubel, ein paarmal herum.] ich bin schön, ich bin schön ... ich bin schön ...

Frau Petersen [sich sträubend]. Aber ... so lassen Sie doch ...

Helene [hält plötzlich inne, preßt, wie unter einem stechenden Schmerz, die Hand auf die Brust und beißt die Lippen übereinander].

Frau Petersen [brummend] Solche Narretei ... na ... meinetwegen! [Nimmt den Leuchter, bläst das Licht aus, geht ab und schließt hinter sich die Zimmerthüre.]

Fünfter Auftritt.

Helene. Dönning.

Dönning [besorgt] Fräulein Helene ...

Helene [schüttelt unwillig den Kopf und streicht die Hand über die Stirn, leise]. Ich will nicht krank sein ... ich will nicht! [Sie geht hastig zum Tisch, ihr Blick fällt in den Spiegel; langsam und verloren.] Wie meine Wangen brennen ... und das ist häßlich! [Streift die Puderquaste über die Wangen; besieht sich wieder im Spiegel.] Und mein Haar ... ach, mein Haar ... Alles zerrauft und zerstört ... [Setzt sich hastig und stellt die Lampe zurecht.] Das ganze schöne Werk einer langen Stunde! [Ordnet mit einem Kamme das Haar] So ... so ... [Sie beginnt, während sie mit ihrem Haar beschäftigt ist, leise eine heitere Melodie zu summen.]

Dönning [steht in beklemmender Verlegenheit, man merkt ihm an, wie sehr es ihn bedrückt, daß ihn Helene völlig übersieht; er scheint mehrmals sprechen zu wollen, findet aber nicht den Muth, und zieht sich schließlich langsam gegen die Thür zurück].

Helene [legt plötzlich den Kamm beiseite und sieht aufmerksamer in den Spiegel]. Pfui . . . wie geschmacklos! [Reißt die Schleife vom Hals und springt auf] Ich muß eine lichte Farbe . . . [Will zum Schrank und gewahrt Dönning; überrascht] Sie noch hier?

Dönning [stotternd]. Ja, Fräulein . . .

Helene. Weshalb?

Dönning [unsicher]. Weshalb? . . . Ich . . . ich war so besorgt . . .

Helene. Ach ja! Sie haben wohl gehört, von welcher Gefahr ich heute bedroht war? Nicht?

Dönning. Ja . . . auch das . . . und . . .

Helene [halb ernst, halb scherzend]. Nun? Was hätten Sie gesagt . . . [Langsam zum Lehnstuhl zurückkehrend.] wenn es geschehen wäre?

Dönning [tritt erschrocken näher]. Was ich gesagt hätte?

Helene [über die Schulter zurückblickend]. Ja, was hätten Sie gesagt?

Dönning [nach Worten ringend]. Ich . . . ich weiß es wohl selber nicht . . . aber es wäre entsetzlich gewesen!

Helene. Oh! Ertrinken! Das ist ja gar kein so häßlicher Tod! [Läßt sich in den Lehnstuhl sinken.]

Dönning [schlicht, innig]. Ich lebe so gern, mir graut schon, wenn ich an den Tod denke Kann es denn einen Tod geben, der nicht häßlich ist?

Helene [plaudernd]. O ja! Ich weiß das! Ich habe das erlebt . . .

Dönning. Das Sterben erlebt?

Helene Ja, wie ich noch ein kleines Mädchen war! Wir hatten einen großen Garten vor unserem Hause, und da floß ein breiter Bach vorüber . . . und einmal . . . da stieß mich ein Junge, dem ich meinen Apfel nicht geben wollte, ins Wasser. Zuerst bekam ich wohl einen Schreck, ich schrie um Hilfe, ich suchte mich zu halten . . . [Träumerisch.] aber dann, als es tiefer und tiefer ging, da kam es über mich, wie ein Wiegen und Schaukeln, wie ein leises Singen, wie ein Klingen von tausend silbernen

Glöckchen, mir wurde so wohl, so süß, mir war, als trügen mich weiße Flügel in alle Lüfte . . . [Blickt langsam zu Dönning auf, lächelnd] . . . und als ich die Augen wieder aufschlug, lag ich in meinem Bettchen, und über mir das Gesicht meines . . . [Stockt, versinkt in sich, deckt die Augen mit der Hand.] meines Vaters!

Dönning [hastig]. Der Sie gerettet hatte?

Helene [dumpf]. Der mich gerettet . . . damals! [Fährt auf, mit verwandeltem Ton.] Lebt Ihr Vater noch, Herr Dönning?

Dönning [schüttelt den Kopf] Er ist gestorben . . . schon lange!

Helene. Haben Sie Ihren Vater sehr lieb gehabt?

Dönning. Wie Sie nur fragen können! Natürlich!

Helene. Und Sie haben ihn gewiß auch einmal betrübt, so recht schwer betrübt!

Dönning. Ich? . . . Nein, Fräulein, niemals!

Helene [in sich versinkend]. Niemals . . . und ich habe ja doch nur Gottes Wort befolgt: Du sollst Vater und Mutter verlassen . . .

Sechster Auftritt.

Die Vorigen. Frau Petersen.

Frau Petersen [hastig eintretend] Herr Dönning! Wollen Sie denn verreisen?

Dönning [verblüfft]. Ich? Gott bewahre!

Frau Petersen. Aber Sie haben ja Ihren Koffer gepackt?

Dönning [verlegen]. Richtig!

Helene [wird aufmerksam, erhebt sich].

Frau Petersen. Aber sagen Sie mir doch, wozu?

Dönning [mit scheuem Blick auf Helene, stotternd]. Ich . . . ja . . . ich dachte mir eben . . .

Frau Petersen [ängstlich]. Aber Herr Dönning?

Dönning. Ja . . . sehen Sie . . . da drüben in der Straße . . . wie heißt sie nur gleich? . . . ja . . . da hab' ich so ein nettes Zimmerchen gefunden . . .

Frau Petersen [entsetzt]. Sie wollen ausziehen!

Dönning Richtig, Frau Petersen!

Frau Petersen [in Thränen ausbrechend]. Aber was hab' ich Ihnen denn gethan? Ich hab' Ihnen doch nichts . . .

Dönning. Ach, thun Sie nur nicht so! So Einen, wie ich bin, finden Sie ja leicht wieder.

Frau Petersen [heulend]. Nein, nein, so Einen find' ich meiner Lebtage nicht wieder! Was hab' ich Ihnen denn nur gethan?

Helene [ist rasch auf Frau Petersen zugegangen]. Seien Sie ruhig! Ich werde mit Herrn Dönning sprechen . . . gehen Sie nur, Herr Dönning wird bleiben!

Dönning [trotzig]. Nein, jetzt pack' ich nicht wieder aus!

Frau Petersen. Da hören Sie . . . so ein Unmensch! Und ich hab' ihm doch wahrhaftig Nichts gethan!

Helene. Gehen Sie nur! [Schiebt Frau Petersen zur Thür hinaus und kommt hastig auf Dönning zugegangen.] Weshalb wollen Sie fort von hier?

Dönning [schweigt und weicht verlegen zurück].

Helene. Sie sehen doch, die alte Frau hängt an Ihnen! Weshalb wollen Sie fort?

Dönning [leise]. Und das fragen Sie mich!

Helene [nach kurzer Pause]. Oh, meinethalben können Sie bleiben!

Dönning. Wenn es mich aber hier nicht länger duldet.

Helene. Auch dann nicht . . . wenn ich gehe?

Dönning [erschrocken]. Fräulein Helene!

Helene. Ja, ich gehe, wahrscheinlich, vielleicht morgen schon! Denken Sie nur! Der Arzt, den mir Gregor heute schickte . . . [Mit leidenschaftlicher Innigkeit.] Gregor!

Dönning [athmet schwer auf und läßt den Kopf sinken].

Helene [blickt hastig nach der Uhr]. Herr, Du mein Himmel! Gleich acht Uhr! Sie verzeihen, Herr Dönning . . . [Eilt zum Schrank, sucht eine Schachtel mit Bändern hervor.] Sagen Sie mir, Herr Dönning, wie kommt das . . . Sie sind jeden Abend schon um sieben Uhr von Ihrer Fabrik zu Hause, und Gregor hat Bureaustunde bis neun Uhr? [Bringt die Schachtel zum Tische.]

Dönning [gepreßt]. Ich bin eben nur ein Arbeiter, und Herr Stark ist jetzt ein großer Herr . . .

Helene [lachend]. Ein großer Herr? Und hat es schlimmer als seine Arbeiter?

Dönning. Je größer der Herr, desto größer die Sorgen. Das ist nun einmal so: was lebt, muß dienen. Der Arbeiter dient seinem Herrn, der Herr wieder seiner Arbeit.

Helene [hat während Dönning's Rede in den Bändern gewühlt, eines um den Hals geschlungen und wieder beiseite geworfen.] Nein . . . das auch nicht . . . aber das! [Neigt sich über den Spiegel und schlingt das Band um den Hals.] Ja . . . das paßt! [Setzt sich vor dem Spiegel zurecht und beginnt die Schleife zu knüpfen.] Herr Dönning?

Dönning. Ja, Fräulein!

Helene. Was ich sagen wollte . . . nicht wahr, Sie bleiben?

Dönning [schweigt].

Helene Aber so sprechen Sie doch . . . Sie hören ja: ich bitte Sie, zu bleiben!

Dönning [stammelnd]. Sie bitten mich!

Helene. Ja, Herr Dönning!

Dönning. Dann . . . dann muß ich wohl bleiben.

Helene. Das ist lieb von Ihnen! Und nun gehen Sie hinüber zu Frau Petersen, sagen Sie ihr, daß Sie bleiben wollen . . . Sie machen ihr eine Freude . . . gehen Sie nur. Und bestellen Sie auch gleich das neue Zimmer wieder ab.

Dönning. Ja, Fräulein, ich gehe schon. [Wendet sich zur Thür, hält inne, von seinem Gefühl überwältigt.] Fräulein Helene!

Helene [steht auf]. Was wollen Sie denn noch, Herr Dönning?

Dönning [dumpf]. Nichts mehr . . . Ich gehe schon! [Langsam ab.]

Siebenter Auftritt.

Helene.

Helene [von Dönning's Ton betroffen]. Ich glaube fast, er liebt mich! Und ich habe nicht einmal Mitleid für ihn! Weshalb liebt er mich? Weil ich schön bin? [Läßt sich in den Lehnstuhl zurücksinken.] Schön? Bin ich denn schön? [Wendet langsam, wie in Furcht, die Blicke nach dem Spiegel.] Bin ich schön? [Stützt den Arm auf den Tisch und starrt mit vorgeneigtem Gesicht in den Spiegel.] Diese dünnen, zuckenden Lippen, die schmalen Wangen, diese tiefen, heiß brennenden Augen . . . ist das schön? Und dieses vergrämte, blasse Gesicht, mit den schwarzen Haaren darüber . . . [Hastig mit verwandeltem Ton.] Wenn ich für mein Haar nur eine Blume hätte! [Springt auf.] Eine Blume! [Eilt zum Fenster und mustert die Stöcke.] Ist denn nicht eine einzige Blume . . . Alles welk, Alles verblüht! [Freudig.] Ah . . . die letzte! [Bricht die Blume und will zum Tische zurück eilen; auf halbem Wege gewahrt sie, daß die Blätter der Blume zerfallen; sie betrachtet den Stengel und läßt ihn fallen.] Auch welk . . . Und ich muß für mein Haar eine Blume haben, ich muß ja schön sein, ich will ihm gefallen, ich will . . . [Mit plötzlichem Einfall.] Unten . . . der Laden neben dem Hause, er muß noch offen sein . . . ich hole mir meine Blume . . . ich muß eine Rose haben! [Ab. — Die Thür bleibt offen.]

[Die Uhr schlägt die achte Stunde.]

Achter Auftritt.

Frau Petersen. Dönning. Gregor.

Frau Petersen [nach kurzer Pause, von außen]. Ja, ja, Herr Dönning! Und jetzt sollen Sie es erst recht gut haben bei mir. Gehen Sie nur gleich.

Dönning [von außen]. Na meinetwegen . . . Adieu!

Frau Petersen. Adieu, Herr Dönning! Und kommen Sie nur bald zurück! [Man hört die Flurthür gehen.] Fräulein Helene! Er bleibt! Er bleibt! [In die Thür tretend.] Jetzt eben ist er fort, um das Zimmer wieder . . . [Stockt, da sie sich allein sieht.] Aber wo ist sie denn nur? Fräulein Helene! [Erschrocken.] Sie wird doch nicht . . . [Will zur Balkonthür.] Ach, dummes Zeug! [Eilt zur offenen Thür.] Fräulein Helene!

Gregor [tritt unter die Thür, in schwarzem Frack, einen lichten Ueberzieher über den Schultern, Hut und Stock in der Hand]

Frau Petersen [erschreckend]. Herr Du mein Gott! . . . Sie sind's, Herr Stark! . . . Nein, wie ich jetzt erschrocken bin!

Gregor [in das Zimmer tretend]. Wo ist Helene?

Frau Petersen [stotternd, ängstlich]. Ich . . . ich weiß es nicht!

Gregor [zornig]. Wo ist Helene?

Frau Petersen. Ich . . . ich glaube, sie ist fort . . . es war mir aber doch gleich, als hätt' ich die Thür gehen hören.

Gregor. Fort? Und wohin?

Frau Petersen. Aber ich weiß es ja nicht. Sie müssen ihr auf der Treppe begegnet sein.

Gregor. Nein, dieser Dönning ist mir begegnet! [Für sich.] Wohin kann sie nur gegangen sein! Wahrscheinlich wieder nach meiner Wohnung, wie heute Mittag. [Laut.] Gehen Sie, Frau Petersen, nehmen Sie meinen Wagen, fahren Sie nach meiner Wohnung, warten Sie vor dem Thor und bringen Sie Helene, wenn sie kommt, sofort nach Hause. Aber so gehen Sie doch!

Frau Petersen. Aber ja . . . ich gehe schon! [Ab, schließt hinter sich die Zimmerthür.]

Neunter Auftritt.

Gregor.

Gregor [legt Hut, Stock und Ueberrock ab]. Sie wußte, daß ich komme . . . und ist fort. Sie wird mir unbequemer von Tag zu Tag. [Kommt nach vorne, mustert den Tisch]. Oh, sie hat sich geputzt? . . . Für mich? . . . [Setzt sich in den Lehnstuhl und sinnt vor sich hin.] Sie muß morgen fort, schon morgen! Meine Verlobung wird Lärm machen in der Stadt, alle Welt wird reden davon, wie ein Lauffeuer wird es durch alle Werkstätten gehen ... dieser Dönning muß es erfahren ... er wird ihr die Nachricht bringen ... [Springt auf.] Sie muß fort sein, ehe das geschehen kann! [Geht ungestüm auf und ab, bleibt stehen, preßt die Fäuste auf die Brust.] Diese Hitze zwischen den Wänden hier! [Oeffnet die Balkonthür.] Ah! [Athmet tief. — Man hört in weiter Ferne leise rollenden Donner] Ein Gewitter! [Schließt die Balkonthür]

Zehnter Auftritt.

Gregor. Helene.

Helene [eilt, ohne Gregor zu sehen, zur Thüre herein und zum Tisch, mehrere lose Rosen in der Hand; da sie die Blumen auf den Tisch legen will, hört sie Gregor's Schritt; sie steht zitternd und wagt sich nicht umzublicken] Gregor!

Gregor. Ja, mein Kind?

Helene [fliegt mit hellem Schrei auf ihn zu, wirft sich an seinen Hals und küßt ihn stürmisch.]

Gregor [lächelnd abwehrend]. Nun, nun, nun ...

Helene [schließt die Augen, sie scheint einer Ohnmacht nahe].

Gregor [betroffen]. Was ist Dir, Helene?

Helene [stammelnd]. Die Freude ...

Gregor. Aber so fasse Dich doch! Sieh nur, wie Du bist! Schreck und Freude, Alles ist Dir gleich gefährlich. Komm, erhole Dich, sei ruhig!

Helene [richtet sich auf, drückt die Hände auf Brust und Wangen, athmet tief und sieht Gregor mit strahlendem Lächeln an].

Gregor [vor ihr zurücktretend, überrascht, mit wirklichem Wohlgefallen]. Wie hübsch Du bist!

Helene [glückselig]. Das hast Du mir lange nicht gesagt!

Gregor. Du hast Dich auch schon lange für mich nicht so schön gemacht! [Betrachtet sie, in sinnlicher Regung.] Helene! [Nimmt ihren Kopf zwischen seine Hände und küßt sie gierig; halblaut.] Helene ...?

Helene [schmiegt sich seufzend an ihn.]

Gregor [schüttelt heftig den Kopf, richtet sich auf und löst Helenen's Arme von sich]. Wir müssen vernünftig sein ... um Deinetwillen! Sag' mir, ist der Professor hier gewesen?

Helene [schmollend]. Ach ja! [Sie geht, ihr Haar ordnend, gegen den Vordergrund.]

Gregor [folgt ihr, lauernd] Nun? Und?

Helene. Ueber eine Stunde war er da! [Wendet sich zu Gregor, zärtlich.] Gregor! [Will ihn umarmen.]

Gregor [ihre Hände fassend]. Komm, sei klug, laß uns plaudern, erzähle mir ... was hat er gesagt? [Setzt sich in den Lehnstuhl]

Helene. Ach, er! Wenn er Recht hat, dann bin ich freilich ein krankes, elendes Ding! [Sieht Gregor an, lächelt und schüttelt den Kopf.] Weißt Du, was er Alles gefunden hat? [Lacht.] Ich habe mir die Krankheitsnamen gar nicht alle merken können, die er aufzählte! Wenn er nur hier wäre, jetzt, ins Gesicht möcht' ich ihm lachen! Ach, Gregor! Wie fühl' ich mich wohl! [Wirft sich auf seinen Schooß und küßt ihn.] Glaub' mir nur, Dein Professor ist ein Dummkopf! Ich wüßte schon, was er mir verschreiben sollte, um mich ganz, ganz gesund zu machen ... Dich, Gregor, Dich!

Gregor [lachend]. Mich hast Du ja!

Helene. Ach, Du ... [Umschlingt ihn und drückt das Gesicht an seinen Hals.]

Gregor [streichelt ihre Schulter]. Nun? Und was meint er? Was soll mit Dir geschehen?

Helene [in Thränen]. Fort soll ich!

Gregor. Fort? In ein Bad?

Helene. Nein, ins Gebirge.

Gregor. So? Ins Gebirge? Und hat er ... Schatz, Du bist schwer! Komm, setz' Dich hier auf den Schemel.

Helene [richtet sich auf, fährt mit einem Tuch über die Augen und läßt sich seufzend nieder].

Gregor. Und hat er einen bestimmten Ort genannt?

Helene [schüttelt den Kopf].

Gregor. So will er mir die Wahl überlassen?

Helene [nickt].

Gregor. Dann will ich Dir einen Vorschlag machen, und wenn Du einverstanden bist, dann reisen wir . . .

Helene [in freudigem Schreck]. Wir? Du begleitest mich?

Gregor. Aber natürlich! Ich hätte ja vor Sorge keine ruhige Stunde, wenn ich Dich allein reisen ließe.

Helene [jubelnd]. Gregor! [In sprudelndem Eifer.] Sag' nur, sag', wohin willst Du mich führen? Ach, meinethalben in den abscheulichsten Winkel der Welt! Wenn ich nur Dich bei mir habe!

Gregor [lachend]. In den abscheulichsten Winkel? Nein, Schatz, den lieblichsten Fleck Erde suchen wir auf.

Helene [in fiebernder Erregung]. Wann reisen wir? Morgen schon, nicht wahr, morgen? Nein, noch heute!

Gregor. Heute ist es doch wohl schon zu spät! [Lacht.] Aber morgen . . . was meinst Du . . . mit dem ersten Zug?

Helene. Ja, ja, ja! Ach, diese Freude, diese Freude! [Eilt zur Thür.] Frau Petersen! Frau Petersen!

Gregor [springt auf, scharf]. Helene! [Bezwingt sich, lachend.] Was machst Du denn nur?

Helene. Aber sie muß mir doch meinen Koffer vom Boden herunterholen. Ich muß ja packen . . .

Gregor. Laß doch, Du Kind, es ist noch Zeit . . . und . . . ich helfe Dir schon.

Helene. Aber meine Sachen muß ich doch zusammenrichten, ich werde ja sonst nicht fertig. [Eilt zum Schrank und will eine Lade öffnen; besinnt sich, kommt zögernd nach vorne.] Aber sag' mir, Gregor . . . in Deiner Stellung . . . kannst Du denn nur so reisen . . . von heut' auf morgen?

Gregor. Es wird schwer halten. Aber drei, vier Tage hoff' ich herauszuschlagen . . .

Helene [erschrocken]. Vier Tage nur?

Gregor [zuckt die Achseln]. Und auch da muß ich in jeder Stunde fürchten, daß ein Telegramm mich zurückruft . . .

Helene [zitternd]. Gregor!

Gregor [lachend]. So sei doch ruhig! Hoffentlich wird es nicht geschehen! [Umschlingt sie.] Und bis ich längeren Urlaub bekomme, sollst Du mich jeden Sonntag sehen ... zwei Nächte im Courierzug für einen Tag bei Dir, das ist mir nicht zu viel.

Helene [sich an ihn schmiegend]. Gregor! Wie gut Du bist Und ich ... ich ... [Bricht in Thränen aus.]

Gregor [unwillig]. Aber Helene! So sei doch verständig!

Helene. Ich kann nicht! Ich muß weinen! Alles wühlt in mir! Nach all' diesen Tagen und Wochen ... jetzt diese Freude, dieses Glück! [Legt die Hand auf Gregor's Schulter.] Weißt Du auch, daß ich dieses Glück beinahe nicht erlebt hätte?

Gregor. Was soll das heißen?

Helene. Mir war nicht wohl heute Mittag. Die Erregung ... nach aller Qual diese jähe Freude ...

Gregor. Freude? Heute mittag? Worüber?

Helene [schließt ihm mit der Hand die Lippen]. Frage nicht! . Mir wurde ganz schwindlig, als ich nach Hause kam. Ich mußte frische Luft haben ... wankte auf den Balkon hinaus, Frau Petersen führte mich ... und als ich mich auf das Geländer stützte, gaben die hölzernen Stäbe nach ...

Gregor [in ernstem Schreck]. Helene!

Helene. Wäre Frau Petersen nicht gewesen ... [Sie sagt durch eine Handbewegung: dann wär' es jetzt mit mir zu Ende.]

Gregor [schlägt entsetzt die Hände zusammen]. Helene!

Helene. Und jetzt! [Streift lächelnd die zitternde Hand über die Stirne, geht zum Lehnstuhl und läßt sich nieder.]

Gregor. Dieses Glück, daß Frau Petersen bei Dir war! [Geht zum Lehnstuhl und beugt sich über die Lehne.] Du bist wohl sehr erschrocken?

Helene [blickt lächelnd zu ihm auf und schüttelt den Kopf]. Ich nahm es als ein gutes Omen, daß ich leben soll ... im Glück! [Sie hebt die Arme nach ihm.] Nicht wahr, Gregor, wir reisen morgen? Bestimmt?

Gregor. Ja, mein Kind, bestimmt, bestimmt!

Helene [seine Hände an ihre Wangen ziehend]. Ich denke mir das so schön: wir Beide allein im Wagen ... und draußen vor dem rasselnden Fenster fliegen die Felder und Wiesen vorbei, die grünen Wälder, die schimmernden Bäche, Dörfer und Städte ... und wir sitzen still, Hand in Hand ... dann wieder lachen und plaudern wir, und ... [Leise.] wie auf einer Hochzeitsreise ...

Gregor [zerstreut]. Eine Hochzeitsreise ... vor der Hochzeit?

Helene [springt auf, stammelnd]. Gregor!

Gregor [sieht sie verblüfft an; dann lächelt er, auf Helenen's Gedanken eingehend]. Reise nur erst ... und komm gesund zurück ... dann ...

Helene. Gregor? Hab' ich Dich recht verstanden? Gregor! [Wirft sich in Lachen und Thränen an seinen Hals; ein Windstoß öffnet die Balkonthür und bewegt die Gardinen, man hört fernen Donner; Helene richtet sich auf.] Was war das?

Gregor. Ein Gewitter kommt.

Helene. Draußen Sturm und Wolken ... und in mir blauer Himmel und Sonnenschein! Ach, Gregor, wie bin ich glücklich! [Umschlingt ihn.]

Gregor. Aber, Helene ... Du zerknitterst mir den Kragen.

Helene [tritt lachend zurück]. Oh, nun seh' ich erst: Du bist ja im Frack! Uuuuh! Und in weißer Cravatte! Festlich!

Gregor. Ich bin geladen.

Helene. Du willst fort? Jetzt? Jetzt?

Gregor. Leider ... ich muß.

Helene. Wohin?

Gregor. Zu meinem Chef.

Helene. Zu Herrn Söllmann? [Lacht hell auf.]

Gregor. Warum lachst Du?

Helene. Und zu seiner schönen Tochter! [Lacht.]

Gregor [steht betroffen]. Helene?

Helene [immer lachend]. Und Du wirst ihr den Hof machen? ... ja?

Gregor [gezwungen lachend]. Wenn ich keine bessere Unterhaltung finde ... warum nicht?

Helene. Thu' es nur! Ich erlaub' es Dir! Jawohl! Ich bin gar nicht eifersüchtig. Nicht so viel! [Sie vermag vor Lachen kaum zu sprechen.] Oh, ich werde mich schadlos halten ... morgen auf der Reise ... warte nur, der Mund soll Dir brennen von meinen Küssen! — [Wetterleuchten und ferner Donner; Helene verstummt im Lachen, schmollend.] Wenn es nur nicht heute wäre! Nicht jetzt! Mußt Du hin?

Gregor. Schon deshalb, um mir von meinem Chef für morgen Urlaub zu erbitten.

Helene. Ja, ja, geh' nur! Aber nicht gleich! Ein Viertelstündchen wirst Du wohl noch haben für mich?

Gregor [zieht die Uhr]. Ein paar Minuten noch.

Helene. So komm, laß uns noch Alles besprechen ... für morgen! [Zieht ihn zum Lehnstuhl.] So, mach' Dir's bequem! Willst Du nicht rauchen? Sag', was soll ich Alles mitnehmen? Natürlich nur das Nöthigste!

Gregor [setzt sich]. Nimm, was Du brauchst.

Helene [vor ihm auf den Knieen, ihr Kleid betrachtend]. Das da? Ja? Es kleidet mich hübsch ... Du hast es ja selbst gesagt! Dann das braune Kleid! Nein ... nur helle Farben. Das blaue! Und das eine Waschkleid, weißt Du, das Crême mit den moosgrünen Streifen ... das wird sich hübsch machen im Wald ... meinst Du nicht auch? Aber warum rauchst Du nicht? Hast Du keine Cigarrette bei Dir? Keine Cigarre?

Gregor. Aber ja ...

Helene. So rauche doch! Du weißt ja, wie gern ich es habe, wenn Du rauchst. [Fühlt an Gregor's Taschen.] Da hast Du ja Dein Etui ... [Greift ihm in die Tasche.]

Gregor [will es verhindern, erschrocken]. Helene!

Helene [hält das Etui in der Hand, springt auf und taumelt zurück; ihr Gesicht wird starr, ihre Augen erweitern sich]. Gregor ... woher hast Du das?

Gregor [steht auf, unsicher]. Warum fragst Du?

Helene [mit schrillender Stimme]. Woher hast Du das?

Gregor [finster]. Bist Du denn närrisch geworden? Ich sah das Etui in einer Auslage . . . es gefiel mir, wegen der Buchstaben . . . ich hab' es gekauft.

Helene [kreischend]. Lügner! [Schlägt ihm das Etui ins Gesicht.]

Gregor [taumelnd]. Helene!

Helene [stürzt in die Kniee und bricht in krampfhaftes Schluchzen aus].

Gregor [steht mit geballten Fäusten, an den Lippen nagend; dann richtet er sich auf, zieht die Weste herunter, geht an Helene vorüber nach dem Hintergrund, nimmt Hut, Stock und Ueberrock und will abgehen].

Helene [hebt langsam das Gesicht und starrt um sich; plötzlich springt sie auf und fliegt zur Thür, mit verzerrten Zügen und schneidender Stimme]. Wohin willst Du?

Gregor [mit kalter Ruhe]. Fort.

Helene. Du wirst dieses Zimmer nicht verlassen, eh' ich nicht Alles weiß.

Gregor. Was Alles?

Helene. Woher hast Du jene Tasche?

Gregor. Das hab' ich Dir schon gesagt.

Helene. Du hast gelogen! Ich, ich, ich habe diese Buchstaben gestickt.

Gregor [betroffen]. Du?

Helene. Um Geld . . . für ein Geschäft . . . und weißt Du, wer die Arbeit bestellte? Fräulein Söllmann! Sieh doch . . . wie blaß Du wirst! Hahaha! Wird Dir bange, weil Du merkst, daß ich Alles durchschaue: Deine stillen Pläne, den Zweck der Reise, auf die Du mich schicken willst, Deine köstliche Sorge um mich, die Zärtlichkeit dieser Stunde, Deine ganze erbärmliche Heuchelei! Gregor, wie bist Du schlecht!

Gregor [aus der Fassung gebracht]. Ich beschwöre Dich, Helene . . . ich bitte Dich . . . [Wirft Hut und Ueberrock von sich.]

Helene [mit kreischendem Lachen]. Du bittest? Oh, Du bittest? Spürst Du das Wasser schon an den Lippen?

Gregor. Laß doch in Ruhe mit Dir reden . . .

Helene. Reden? Was kannst Du noch reden? Lüge mir ins Gesicht, daß Du nicht an eine Verbindung mit jenem Mädchen denkst!

Gregor. Bei meinem Glück, Helene, ich liebe dieses Mädchen nicht.

Helene. Aber heiraten willst Du sie?

Gregor. Nein ... ja, ja! Magst Du es denn wissen! Aber es ist nicht Liebe, Helene, Ehrgeiz! Ehrgeiz! Der Ehrgeiz verzehrt mich. Wie meine Lunge nach Luft, so verlangt meine Seele nach Macht, nach Reichthum! Ich muß hinauf ... ich will auf der Höhe stehen ... und dieses Mädchen ist die letzte Staffel ...

Helene. So? Und ich? Und ich?

Gregor. Ich will sorgen für Dich! Reichlich, Helene, reichlich.

Helene [in maßlosem Ausbruch]. Geld? Geld bietest Du mir! Meine schöne Jugend hab' ich Dir geopfert, meine Ehre, den Vater ... meinen Vater! Noth und Sorgen hab' ich mit Dir getheilt ...

Gregor [hilflos]. Ja, ja ...

Helene. Mit brennender Liebe hab' ich Dich gewärmt, wenn Dir die Kälte des Lebens ins Herz und in die Glieder ging! Habe Dich gestützt und gehoben, wenn Du erliegen wolltest im Kampf um Deine Zukunft ...

Gregor. Aber Helene ...

Helene. Und Du? Du bietest mir Geld? Jetzt, wo Dir das Leben zu lachen beginnt, jetzt willst Du mich abfinden, wie eine Magd ...

Gregor [mit zorniger Schärfe]. So höre doch ...

Helene. O nein, Gregor, o nein! So laß ich nicht rechnen mit mir! [Mit wilder Kraft.] Ich bin gekettet an Dich ... sei's nun in Liebe oder Haß.

Gregor [steht regungslos, mit geballten Fäusten und eingekniffenen Lippen, Helene mit stechendem Blick betrachtend, seine Stimme klingt heiser]. Was willst Du beginnen?

Helene. Geh' nur, geh'! Setze Dich an ihre Seite! Aber ich ... ich komme Dir nach! Und wenn Du plauderst mit ihr, und Eure Gläser klingen, und Ihr macht verliebte Augen . . . dann will ich auf die Schwelle treten! Und Alles starrt mich an . . . Alles wird stumm . . . und ich allein will sprechen . . .

Gregor [rasch auf sie zutretend]. Das wirst Du nicht!

Helene. Ja, ja, ja! Das will ich!

Gregor. Nicht, so lang' ich es wehren kann! [Faßt mit jähem Griff ihr Handgelenk]

Helene [sucht sich vergebens loszureißen] Hahaha! Wie das Bräutlein aufspringen wird und zu ihrem Vater laufen . . .

Gregor. Du willst mich straucheln machen . . .

Helene. Ja, ja, ja!

Gregor. Vor meinem letzten Schritt . . .

Helene. Ja, ja . . . [Sie stöhnt vor Schmerz, da Gregor mit eisernem Griff auch ihre andere Hand umklammert.] Reden will ich, reden . . . wenn Du mir auch die Finger brichst . . . [Sinkt stöhnend in die Kniee, rafft sich wieder auf, sucht sich loszureißen und kommt der Balkonthür nahe]

Gregor. Soll ich Alles verlieren, was ich gewann . . . verlieren um Deinetwillen . . .

Helene. Alles, ja, Alles, und Dich selbst dazu!

Gregor [knirschend] Schweig' . . . oder . . .

Helene. Schreien will ich . . . auf offener Straße . . . und jetzt, gleich jetzt will ich den Anfang machen . . . Frau Petersen! Herr Dönning! Frau Petersen! Hahaha! Sag' doch, wie Du es hindern willst!

Gregor. So will ich es hindern! [Er stößt Helene auf den Balkon hinaus.]

Helene [kreischend] Gregor!

[Ein Blitz erhellt den Hintergrund; man sieht, wie Helene mit schlagenden Armen taumelt und in die Tiefe stürzt; ihr gellender Schrei wird vom rollenden Donner erstickt; wenn der Donner verstummt, hört man aus der Tiefe noch einen matten, kaum verständlichen Ruf: „Gregor!"]

Gregor [wankt zurück, schlägt die Hände vor's Gesicht und fällt auf einen Stuhl].

[Ein starker Windstoß fährt ins Zimmer, bewegt Thüren und Gardinen und löscht die Lampe aus; es wird finster; durch die offene Balkonthür sieht man in der Ferne die erleuchteten Fenster einzelner Häuser und die zwei Laternenreihen einer sich weit hinausziehenden Straße.]

Elfter Auftritt.

Gregor.

Gregor [erhebt sich, wankt zur Balkonthür und lauscht in die Tiefe]. Alles still! Alles! [Richtet sich starr auf]. Ich kann es nicht mehr ungeschehen machen! . . . Aber was jetzt nachkommt . . . wie Glied auf Glied in der Kette . . . Verdacht, Verhör, Entdeckung, die Richter, das Urtheil und . . . [Seine flüsternden Worte ersticken in einem dumpfen Laut] Fort! Fort! [Stürzt zur Thüre].

Zwölfter Auftritt.

Gregor. Frau Petersen.

Frau Petersen [tritt ein; die Thüre bleibt offen].

Gregor [erschrickt und taumelt zurück].

Frau Petersen. Ich bitte, Herr Stark . . . Aber was heißt denn das? Diese Finsternis!

Gregor. Die Lampe ist ausgegangen . . . ein Windstoß . . . [Deutet nach der Balkonthür, besinnt sich.] jetzt eben erst . . . dort, durch die Thür . . . als Sie hereinkamen . . . die Zugluft . . .

Frau Petersen. Warten Sie einen Augenblick, ich hole Licht! [Geht zur Thür.] Aber sagen Sie mir, ist denn Fräulein Helen' nicht zurückgekommen? Ich hab' sie nicht gefunden.

Gregor [nach kurzer Pause, mit gepreßter Stimme] Helen' . . . nicht zurückgekommen? . . . Nein! Sie sehen doch, ich bin allein, ich warte noch immer! [Ein mattes Wetterleuchten erhellt die Bühne].

Frau Petersen. Das ist aber doch sonderbar! [Schüttelt den Kopf.] Aus der soll man klug werden! [Geht ab.]

Gregor [wankt zum Nähtisch rechts und stützt sich mit zitternden Händen; murmelnd, in fliegender Hast]. Nicht zurückgekommen! Dieses Wort ist meine Rettung! Als es geschah . . . war

Niemand zu Hause. Helen' war ausgegangen, ich habe sie suchen lassen . . man hat sie nicht gefunden! Dönning war fort! Frau Petersen . . . [Gregor ist von Wort zu Wort ruhiger geworden und hat seine volle Fassung gefunden; er richtet sich auf, mit starrem Lächeln, blickt zur Thüre.] die ist ungefährlich! Wer sonst noch könnte sprechen gegen mich? Ich selbst? [Schüttelt den Kopf; pocht an seine Brust.] Hier ist Alles ruhig . . . [An seine Stirne.] hier Alles lebendig und auf der Hut! . . . Und Sie? [Schließt die Balkonthür.] Sie wird schweigen! . . . Und das Wasser? . . .

Frau Petersen [tritt ein, mit Leuchter]. So, da ist Licht. [Geht zum Tisch.]

Gregor [lächelnd, für sich]. Das Wasser plaudert nicht!

[Ein matter Blitzschein, ohne Donner, erhellt die Fenster; rauschend beginnt der Regen zu fallen.]

Frau Petersen [stellt das Licht nieder]. Jetzt fängt's aber gehörig zu schütten an!

Gregor [ist zusammengezuckt; er hebt lauschend den Kopf, sein Gesicht hat einen verlorenen Ausdruck, ein starres Lächeln verzerrt seinen Mund]. Die Stimme . . . des Wassers . . .

Frau Petersen [wendet sich nach ihm]. Was sagen Sie?

Gregor [deutet nach der Balkonthür]. Hören Sie nicht . . . wie es redet?

Frau Petersen. Redet? Wer?

Gregor. Das Wasser! Hören Sie nur . . . [Lauscht, nickt mit dem Kopf und lacht leise.]

Frau Petersen. Ach . . . [Wendet sich unwillig ab und nimmt die Glocke von der Lampe.] Nein, und bei dem Regen ist sie draußen! Und ohne Schirm! Wenn sie nur schon daheim wär' und unter Dach!

Gregor [erwachend]. Wer?

Frau Petersen [wendet sich betroffen]. Fräulein Helen'!

Gregor Ach so . . . ja, richtig . . . Fräulein Helen' . . . [Blickt nach der Balkonthür.]

Frau Petersen Wo sie nur sein kann! Halb neun Uhr schon?

Gregor. Halb neun? Da muß ich fort! [Nimmt Hut, Stock und Ueberrock.] Ich bin ja geladen . . .

Frau Petersen. Aber . . . was haben Sie denn nur?

Gregor. Was? Ich? Was soll ich denn haben?

Frau Petersen. Sehen Sie doch nur Ihren Hut an, wie Sie zittern . . .

Gregor [ungestüm auf sie zutretend, scharf]. Wer zittert?

Frau Petersen [läßt erschrocken die Lampenglocke fallen, stotternd]. So schön . . . jetzt . . . [Starrt Gregor an und weicht vor ihm zurück.]

Gregor. Sind Sie denn närrisch? . . . Aber . . . ich vergesse ganz . . . ich muß ja fort! . . . fort! . . . [Geht zur Thür.] Morgen . . . ja, ja, ich komme morgen . . . Früh um acht Uhr . . . [In wachsender Verwirrung.] oder . . . oder gegen Mittag . . . nein . . . am Abend! Und sagen Sie ihr . . . [Gegen den Balkon gewendet, knirschend.] wenn es nur schweigen wollte! . . . ja, sagen Sie ihr . . . ich . . . ich komme morgen! Ich kann nicht länger . . . Adieu, Frau Petersen, Adieu! Hab' ich meinen Hut? Ja! Guten Abend, liebe Petersen! Adieu! [Nickt ihr mit starrem Lächeln zu; geht ab.]

Frau Petersen [steht in sprachloser Angst und streift den Rücken der zitternden Hand über die Stirne.]

[Das Rauschen des Regens wird stärker, ein matter Blitz überzuckt die Fenster.]

Langsam fällt der Vorhang.

Fünfter Aufzug.

Speisesaal bei Söllmann.

[Quer über den Hintergrund läuft eine zwei Stufen hohe Estrade; auf derselben links eine Thür in den anstoßenden Salon, rechts eine Credenz: den Prospect bildet eine Wand mit drei großen, bogenförmigen Glasthüren; die rechte Thür steht offen, die mittlere ist durch eine von Blumen und Gewächsen umgebene Säule mit hoher Palme verstellt, die linke, bis zur Schwelle herab mit wirklichem Glas gefüllte Thür, ist geschlossen; draußen sieht man eine mit tropischen Gewächsen und Blumen gezierte Vorhalle. Im Vordergrunde links eine offene Flügelthür; rechts ein Fenster; links, rechts und in der Mitte je ein runder, zum Souper gedeckter Tisch. Saal und Vorhalle sind elektrisch beleuchtet. Durch die Fenster der Vorhalle sieht man in den matt erhellten Garten.

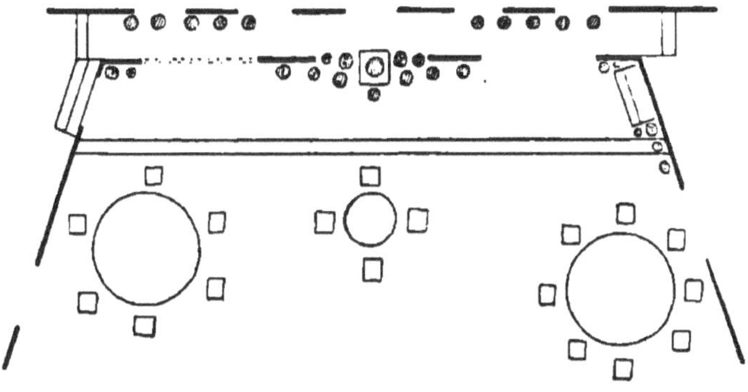

Erster Auftritt.

Johann. Vier Diener. Alexander. Dr. Hildebrand.

[Aus dem Salon klingt die heitere Musik eines Streichquartetts.]

Johann [und zwei Diener sind an den Tischen und an der Credenz beschäftigt; die beiden anderen Diener gehen ab und zu].

Alexander [hastig von links]. Director Stark ist noch immer nicht gekommen?

Johann. Nein.

Alexander [zieht die Uhr]. Neun Uhr vorüber. Das ist aber komisch! [Will abgehen.]

Dr. Hildebrand [tritt auf, im Hintergrunde rechts, nachdem er in der Vorhalle Hut und Ueberrock den Dienern übergeben].

Alexander. Oh, guten Abend, Doctorchen!

Dr. Hildebrand. Guten Abend! Na also, wie geht's Ihnen denn?

Alexander [auf seinen Magen klopfend.] Flau, flau, er will noch immer nicht pariren.

Dr. Hildebrand. Nur stramm Diät halten!

Alexander. Diät! Schon das Wort zieht mir das Wasser im Mund zusammen.

Dr. Hildebrand. Was ist denn heute hier los? Drei Tische? Wer ist denn da?

Alexander. Commerzienrath Hölder mit Gattin ... sehr decolletirt ... bei dem Gewicht!

Dr. Hildebrand. Na, na, Sie haben ihr doch im vergangenen Winter auf Leben und Tod den Hof gemacht.

Alexander. Ach, das ist lang vorbei!

Dr. Hildebrand. So? [Die Diener ab.]

Alexander. Ja wohl! Sie war mir auf die Dauer zu architektonisch: Wie der schiefe Thurm von Pisa. Neigt sich immer, aber will nicht fallen!

Dr. Hildebrand [lacht]. Wer ist denn sonst noch da?

Alexander [eine Grimasse schneidend]. Baron Novella ... mit Tochter. Ein gutes Herz ... aber schlechte Zähne! [Vergnügt lächelnd.] Frau Sensal Fischer ... der Mann kommt nach. Einige Paare noch. Kleiner Kreis ... etwas Kammermusik.

Dr. Hildebrand. Ach, Du Herrjeh! [Seufzt.] Na also! [Ab nach links vorne.]

Alexander [will ihm folgen, kehrt zurück]. Wo sitz' ich denn eigentlich? [Am Tisch in der Mitte.] Ah, hier! Und meine Nachbarin? Uuui! Frau Commerzienrath Hölder! Das ist keine Erinnerung für mich! [Nimmt seine Karte, geht zum Tisch rechts und mustert die Couverts, vergnügt.] Frau Sensal Fischer! Hier will ich meine Hütte bauen. [Tauscht die Karte.] Die Commerzienräthin wird mit dem Doctor auch zufrieden sein.

Zweiter Auftritt.

Alexander. Günther. Johann.

Günther [ist im Hintergrunde rechts aufgetreten; zu Johann, der ihm Hut und Mantel abgenommen]. Ist Fräulein Paula im Salon?

Johann. Jawohl, Herr Günther!

Günther. Sagen Sie dem Fräulein, daß ich sie für einen Augenblick bitten lasse.

Johann [über die Estrade ab nach links].

Günther [will in die Vorhalle treten].

Alexander [welcher die ausgetauschte Karte auf den Tisch in der Mitte gelegt hat erblickt ihn]. Stephan! So komm'doch...

Günther. Laß Dich nicht stören!

Alexander. Aber was hast Du denn? Du siehst ja aus, als stündest Du fünf Minuten vor dem jüngsten Gericht! Ueberhaupt ... heute macht jeder Mensch ein Gesicht! ... Paulchen geht herum wie ein Modell zur Braut von Corinth. Der Onkel sieht aus wie seine eigene Statue, aus Sandstein gehauen! Und jetzt Du wieder! Ach, diese verwünschten Fabriksgeschichten!

Dritter Auftritt.

Alexander, Günther, Paula.

Paula [von links, in zitternder Erregung].

Alexander. Oh, Paulchen! Gerade hab' ich ...

Paula [mit versagender Stimme]. Ich bitte Dich, Alexander, mich mit Herrn Günther allein zu lassen.

Alexander [verblüfft]. Ja was ist denn ...

Paula [flehend]. Ich bitte Dich ...

Alexander. Ja, ja, ich gehe schon ... [Schüttelt den Kopf, ab nach links].

Vierter Auftritt.

Paula. Günther

Paula [blickt in fassungslosem Kummer zu Günther auf].

Günther [in scheuer Erregung]. Fräulein Paula ... sagen Sie mir ... ich stehe hier vor einem Räthsel, so dunkel, so furchtbar, daß ich es nicht fassen will ...

Paula. Sie haben den Brief meines Vaters erhalten?

Günther. Vor einer Stunde.

Paula. Er schrieb ihn ... auf mein Verlangen ...

Günther. Sie wußten um diese That?

Paula. Seit heute.

Günther [in tiefen Erbarmen]. Ihr Vater selbst bekannte Ihnen ... seinem eigenen Kind? ... Er hätte härter nicht büßen können!

Paula [nickt in Thränen vor sich hin; trocknet die Augen]. Er wird das Unrecht sühnen, das er an Ihnen begangen ... er wird Ihnen jedes Zugeständnis machen ...

Günther [schlicht]. Ich verlange keines!

Paula. Herr Günther ... ich verstehe dieses Wort! Aber ich ... ich selbst will der Anwalt Ihres Rechtes sein! Ich will ... [Hat ihm, von ihrer Bewegung überwältigt, die Hände gereicht, erschrickt, wankt zurück.]

Günther [erschrocken]. Was ist Ihnen? Diese verstörten, blassen Züge ...

Paula. Die Farbe meines Glückes ... ich bin Braut geworden!

Günther [tonlos]. Braut? ... [In aufblitzender Ahnung.] S e i n e Braut?!

Paula [nickt].

Günther. Nein, nein, das darf nicht geschehen ... nicht um Ihretwillen ...

Paula. Es muß geschehen ... es ist die Rettung meines Vaters ...

Günther. Rettung? Was Ihr Vater gethan ...

Paula. Gregor weiß es!

Günther [entsetzt]. Er! Dann sind Sie verloren!

Paula. Verloren!

Günther [sieht Gregor in der Vorhalle auftreten]. Da kommt er! [Steht in rathlosem Seelenkampf.] Fräulein Paula ... [Wendet sich ab.]

Paula. Günther! ... [Leise.] Ich bitte Sie, zu bleiben!

Günther [stammelnd]. Darf ich ... kann ich denn bleiben?

Paula. Vor den Augen der Welt bin ich noch frei ... und solang' ich es bin, bitt' ich Sie, in meiner Nähe zu bleiben.

Günther. Paula!

Paula. Reichen Sie mir den Arm ...

Günther [reicht ihr den Arm und führt sie in den Salon. Dort ist die Musik zu Ende, man hört Klatschen, Bravorufe, Lachen und Geplauder].

Fünfter Auftritt.

Gregor. Johann. Söllmann. Diener.

Gregor [hat in der Vorhalle Hut und Ueberrock abgenommen und einem Diener gereicht].

Johann [ist aufgetreten, von links, und gehe über die Estrade zur Credenz].

Gregor [tritt ein; sein Gesicht ist blaß; er blickt in scheuer Erregung nach allen Seiten, richtet sich mit starrem Lächeln auf].

Johann. Guten Abend, Herr Director.

Gregor [gereizt]. Was glotzen Sie mich so an! Bin ich denn verwandelt, verändert? Ich seh' auch heute nicht anders aus, wie immer ...

Johann. Aber ich bitte, Herr Director, es ist mir ja gar nicht eingefallen ...

Gregor [sich fassend]. Schon gut, schon gut! [Kommt nach vorne für sich.] Auch auf der Straße ... die Leute ... der Kutscher, den ich rief ... Alle starrten mich an ... alle, alle, alle ... ich hätte sie erwürgen können! [Athmet schwer.]

Söllmann [aus der Thür links tretend]. Gregor!

Gregor [zuckt zusammen, blickt über die Schulter]. Oh, Herr Söllmann! [Tritt näher.] Verzeihen Sie mein spätes Erscheinen ... ich war ... ich hatte eine wichtige Sache zu erledigen ... [Halb für sich.] sehr wichtig, sehr nothwendig! [Lächelnd.] Sind Sie nicht neugierig?

Söllmann [befremdet]. Nein!

Gregor. Das ist eine gute Eigenschaft! Oder nicht? [Besinnt sich; mit verändertem Ton.] Was wollen Sie von mir?

Söllmann. Einen Handel will ich Ihnen vorschlagen.

Gregor. Einen guten?

Söllmann [leise]. Geben Sie Paula frei und nehmen Sie mein halbes Vermögen.

Gregor [sieht ihn lächelnd an]. Ihre Tochter ist das ganze! Warum soll ich das halbe nehmen?

Söllmann. Gregor!

Gregor. Das ist doch kein guter Handel? [Johann läßt auf der Credenz ein Besteck auf die Teller fallen; Gregor erschrickt.] Dummkopf! Nehmen Sie Ihre Hände in Acht!

Johann. Ich bitte zu entschuldigen ...

Gregor [streicht die zitternde Hand über die Stirne; lächelnd zu Söllmann]. Ich bin nervös! Nicht wahr? Nervös! Das ist Ihnen wohl neu an mir? Ich! Nervös! [Lacht leise, das Lächeln erstarrt auf seinen Lippen, er blickt wie lauschend ins Leere.]

Söllmann. Lenken Sie nicht ab! Hören Sie mich an, Gregor, ich bitte Sie ... [Er bemerkt daß Johann aufmerksam wird; geht einige Schritte gegen den Hintergrund und spricht leise mit Johann, welcher dann abgeht.]

Gregor [steht regungslos, murmelnd]. Das verwünschte Wasser ... es will nicht schweigen ... will nicht ... [Ein Schauer überläuft ihn.] Sie steht hinter mir ... ich fühl' es ... dicht hinter mir ... naß, kalt, mit weit offenen Augen ...

Söllmann. Gregor! Ein Vater spricht zu Ihnen, der um das Wohl seines Kindes zittert! Es darf Sie nicht verletzen ... aber diese Heirat ist das Unglück meines Kindes! Ich muß es Ihnen bekennen: Paula liebt einen Andern ... Paula kann ... Gregor? Hören Sie mich nicht?

Gregor [erwachend]. Gewiß! gewiß! Sie sprechen von Hel .. Paula, Paula! Oder nicht? Wo ist sie? Mich dürstet nach ihrem schönen Anblick! Schönheit ist ein Zauber, der vergessen macht! Vergessen! [Will zur Thür.]

Söllmann. So hören Sie mich doch an! Zwingen Sie mich nicht, mein Wort zu brechen.

Gregor [tritt vor Söllmann zurück, mustert ihn]. Ach so! . . . Bitte, was Sie thun wollen, steht in Ihrem Belieben!

Söllmann. Und wenn ich es thue?

Gregor Was ich dann thue? Sie haben ja Gäste geladen. Ich setze den Fall, daß ich diesen Leuten Etwas zu erzählen hätte . . . ich glaube, sie würden neugieriger sein, als Sie es sind, Herr Söllmann! [Wendet sich ab und geht zur Thüre links; bleibt stehen und blickt scheu über die Schulter, als folge ihm Jemand; er schüttelt aufathmend den Kopf, tippt mit dem Finger an seine Stirn, lächelt und geht ab.]

Söllmann [blickt ihm kopfschüttelnd nach, folgt ihm].

Sechster Auftritt.

Frau Hölder. Commerzienrath Hölder.

Frau Hölder [tritt auf der Estrade aus der Thür links und geht zu den Tischen].

Hölder [folgt ihr]. Aber Hilda! Was machst Du nur? Wie kannst Du denn hier herauslaufen? Jetzt!

Frau Hölder [unwillig]. Laß mich doch in Ruhe! Ich komme ja gleich wieder! [Blickt suchend über die Gedecke.]

Hölder [über die Stufen herabsteigend]. Du! Sag'! Meinst Du, daß ich einen Toast ausbringen muß?

Frau Hölder. Natürlich!

Hölder. Was soll ich denn sagen?

Frau Hölder. Was Dir einfällt.

Hölder. Wenn mir aber Nichts einfällt?

Frau Hölder. Dann schweig'! [Geht zum Mitteltisch.]

Hölder. Wenn ich aber doch reden soll?

Frau Hölder. Ah, hier sitz' ich! Und mein Nachbar? Baron Novella? Langweilig . . . aber Baron! Und zur

Linken? Doctor Hildebrand! Na, ich danke schön! Ich will mich unterhalten, aber nicht ärgern. [Nimmt die Karte des Doctors und geht zum Tisch rechts.]

Hölder. Was machst Du denn da?

Frau Hölder. Ich suche mir einen Tischnachbar.

Hölder. Natürlich einen jungen!

Frau Hölder. Einen Alten soll ich mir nehmen? Ich habe schon an Dir genug!

Hölder. Aber Hilda! Du bist immer so undelikat!

Frau Hölder [Alexander's Karte nehmend]. Ah, das laß' ich mir gefallen! [Legt die Karte des Doctors auf das Gedeck.]

Hölder. Eine Hitze hat es hier! Man könnte wirklich ein wenig frische Luft hereinlassen. [Oeffnet das Fenster.]

Frau Hölder. So! Jetzt bin ich beruhigt. [Ab über die Estrade.]

Siebenter Auftritt.

Hölder. Gregor. Johann. Diener.

Johann [ist im Hintergrund aufgetreten und hat zwei silberne Kübel mit eingekühlten Champagnerflaschen neben die Credenz gestellt; die Diener bestellen in der Vorhalle einen Tisch mit Flaschen].

Hölder [am Fenster, der Bühne den Rücken kehrend]. Wie das wohl thut! [Fächelt sich mit dem Taschentuch Luft zu.] Was sagst Du, Hilda, das Gewitter hat sich ganz verzogen. Auch der Regen hat aufgehört.

Gregor [tritt aus der Thür links]. Ich halt' es nicht aus unter Menschen! Jedes Lachen quält mich, jeder Blick! [Späht in den Salon.] Er ist auch da! [Lacht leise vor sich hin, schauert zusammen.] Wäre nur diese Nacht vorüber! Diese erste Nacht!

[Ein Wetterleuchten erhellt das Fenster.]

Hölder. Oho! Mir scheint, es fängt erst richtig an! [Beugt sich aus dem Fenster.]

Gregor. Und morgen . . . morgen . . . morgen, versprach ich, zu kommen. Das kann ich nicht! Ich will an die Petersen schreiben . . . Geschäfte . . . dringende Geschäfte! [Laut.] Johann!

Johann [kommt näher].

Gregor. Haben Sie eine Karte zur Hand, ein Blatt Papier, ein Couvert?

Johann. Jawohl! Auch Tinte und Feder?

Gregor. Nein, eine Bleifeder hab' ich. [Greift an seine Taschen.]

Johann [eilt zur Credenz und öffnet eine Lade].

Hölder [hat sich umgewendet]. Aber wo ist denn . . . [Gregor gewahrend.] Oh, lieber, lieber Freund! Ich hatte noch gar nicht Gelegenheit, Sie zu begrüßen.

Gregor [in zerstreuter Erregung]. Ja, ich bedaure . . . ich hatte mich verspätet . . . aber nun . . . [Ergreift Hölder's Hand.] ich freue mich sehr. [Blickt nach der Credenz zurück.]

Hölder. Na, bei Euch ist's ja heute in der Fabrik richtig losgegangen. Freund Söllmann macht einen bösen Kopf. Und Ihnen merkt man's auch an . . . Ihnen scheint bei der Sache auch nicht sonderlich wohl zu sein? Was?

Gregor. Bei welcher Sache?

Hölder. Ach, thun Sie doch vor mir nicht so, als stünden Sie der abscheulichen Geschichte mit ruhigem Blut gegenüber. Ich kenne das! Ich sage Ihnen: es ist eine Katastrophe!

Gregor [mit irrem Lächeln, mit dem Doppelsinn der Situation spielend]. Eine Katastrophe!

Hölder. Aber das muß Ihnen der Neid zugestehen: Sie haben wieder einmal im richtigen Augenblick mit energischer Hand zugegriffen.

Gregor. Nicht wahr? [Schließt mit einer stoßenden Bewegung die Finger der rechten Hand.] Hätt' ich diesen Augenblick versäumt, ich hätte Alles auf's Spiel gesetzt, was ich bis jetzt gewonnen. [Sich vergessend, mit leidenschaftlichem Ausbruch.] Es mußte geschehen . . . es mußte! Sie . . . oder ich!

Hölder [tritt befremdet zurück]. Na, hören Sie, Sie sind ja in einer Laune, als möchten Sie jedem Ihrer strikenden Arbeiter den Hals umdrehen!

Gregor [stammelnd]. Arbeiter . . . ? [Streicht die Hand über die Stirne; ein Schwindel scheint ihn zu befallen.]

Johann [geht vorüber und legt Schreibpapier auf den Tisch links].

Hölder [erschrocken]. Aber Du mein Gott . . . was ist Ihnen denn . . . ? [Sucht Gregor zu stützen.] Johann! [Nach einer Wasserflasche deutend.] Rasch . . .

Johann [gießt Wasser in ein Glas].

Gregor [hebt lauschend den Kopf].

Johann [reicht ihm das Glas].

Gregor [in Grauen und Ekel]. Wasser! [Stößt das Glas zurück.]

Hölder. Aber so nehmen Sie doch . . .

Gregor [sammelt sich, lächelnd]. Wasser? . . . Wasser ist nicht meine Leidenschaft. [Zu Johann.] Einen Becher Sect.

Johann [läuft zur Credenz].

Hölder. Ihre Nerven scheinen ein wenig auszulassen. Aber nur kaltes Blut, lieber Freund!

Gregor [fröstelnd]. Kaltes Blut!

Hölder. Die Sache steht freilich ernst. Aber gar so tragisch braucht man sie nicht zu nehmen.

Gregor [mit starrem Lächeln]. Nicht wahr?

Hölder. Und schließlich . . . es geht ja nicht um Ihre Haut. Freund Söllmann hat ein zähes Fell! [Lacht.] Uebrigens . . . auf mich können Sie rechnen! Ich habe mich solidarisch erklärt. Sie haben meine Unterschrift. Aber nur kaltes Blut! Sie sind in großen Dingen ein Mensch von Eisen! Lassen Sie sich nur durch Kleinigkeiten nicht irritiren.

Gregor [mit unstätem Blick]. Das Kleine! . . . Wenn nur das Kleine nicht manchmal stärker wäre als alles Große!

Hölder [lachend]. Ja, ja, die Mäuse im Keller . . . Sie haben mein Wort . . . das halt' ich . . . [Gewahrt Sensal Fischer in der Vorhalle.] Oh, guten Abend, lieber Sensal! [Geht nach dem Hintergrunde.]

Achter Auftritt.

Die Vorigen. Sensal Fischer.

Fischer [tritt ein]. Herr Commerzienrath! [Tauscht mit Hölder einen Händedruck.]

Johann [ist mit Champagnerflasche und Glas zu Gregor getreten und hat eingeschänkt].

Gregor [leert das Glas, hält es zum Füllen hin]. Rasch! [Stürzt den Wein hinunter.] Stellen Sie die Flasche nieder!

Johann [stellt die Flasche auf den Tisch links und geht ab].

Fischer. Lieber Director! [Reicht Gregor die Hand.]

Gregor. Ich freue mich ... herzlich ... aber ich bitte ... nur einen Augenblick ... ich habe ein paar Zeilen wegzuschicken ... die Herren entschuldigen ...

Hölder [beim Tische rechts]. Aber natürlich!

Gregor [setzt sich an den Tisch links und beginnt in unruhiger Hast zu schreiben, dabei mehrmals das Glas leerend].

Hölder [halblaut]. Fischer!

Fischer [auf dem Wege zur Salonthür]. Ja? [Kommt zurück.]

Hölder [blickt nach Gregor, leise]. Die Geschichte hier ist sengerich.

Fischer. So?

Gregor [schreibend]. Morgen unmöglich ... ganz unmöglich ...

Hölder. Söllmann macht ein böses Gesicht. Sogar Der da drüben hat den Kopf verloren.

Fischer. Der? Das glaub' ich nicht. Das ist ein Kopf, der fest sitzt!

Hölder. Na, na, hätten Sie nur gesehen ...

Fischer. Was?

Hölder. Die Geschichte macht ihn wirblig.

Gregor [schreibend]. Sagen Sie ihr also ... [Blickt auf.] Ob sie wohl hören wird? [Schreibt.]

Fischer [hat den Kopf geschüttelt]. Glauben Sie mir: Der bleibt oben! Der setzt es durch! Und dann ... er hat ja die Hilfe der Andern. Auch die Ihrige.

Hölder. Die meine? ... Freilich, freilich!

Fischer. Sie haben doch auch Ihre Unterschrift gegeben?

Hölder. Konnt' ich denn anders?

Fischer. Mir scheint, es reut Sie.

Hölder [nickt].

Fischer. Warum?

Hölder. Söllmann hat ein paar Dutzend Leute gehen lassen . . .

Fischer. Ich weiß.

Hölder. Seine besten! Unter ihnen den Schubert! Schubert!

Fischer. Die möchten Sie wohl nehmen?

Hölder. Aber ich kann doch nicht! Diese Solidarität . . .

Fischer. Ach so? Aber das ist doch sehr einfach . . .

Hölder. Einfach?

Fischer. Bringen sie die Leute bei einem kleinen Meister unter . . . vierzehn Tage . . . wenn dann die Leute bei Ihnen eintreten, kommen sie ja nicht aus Söllmann's Fabrik.

Hölder [steckt die Hände in die Taschen und nickt vergnügt vor sich hin].

Gregor [hat das Geschriebene überlesen]. Gut . . . sehr gut. [Faltet den Brief, steckt ihn ins Couvert, starrt vor sich hin, schüttelt den Kopf, zieht den Brief hervor und überliest ihn noch einmal].

Fischer [laut]. Jetzt muß ich mich aber doch nach meiner Frau umsehen!

Hölder [lachend]. Machen Sie sich auf einen angenehmen Empfang gefaßt. Wo sind Sie denn auch so lang geblieben?

Fischer. Draußen bei der Brücke bin ich aufgehalten worden. Der Wagen konnte nicht mehr durch, ich mußte aussteigen . . .

Hölder. Was war denn los?

Fischer. Man hat eine junge Person aus dem Wasser gezogen.

Gregor [wird aufmerksam und lauscht in zitternder Scheu].

Hölder. Aus dem Wasser? Todt?

Fischer. Mausetodt!

Hölder. Eine Selbstmörderin?

Fischer. Jedenfalls.

Hölder. Aus unglücklicher Liebe! Also wieder einmal! War sie hübsch?

Fischer. Hübsch? In dem Zustand! Das Gesicht verzerrt, die Augen starr offen, das zerraufte Haar mit Schlamm beschmutzt . . .

Hölder. Verderben Sie mir den Appetit nicht!

Fischer. Und dabei weiß gekleidet . . . wie eine Braut!

Hölder. Schrecklich!

Johann [geht über die Bühne in den Salon].

Fischer. Bei so 'was komm' ich immer zurecht! Das Glück hab' ich schon! Ich sage Ihnen, eine Scene . . . ein junger Mensch kam dazu . . . wahrscheinlich der Geliebte oder der Bruder . . . wie der das Mädel sieht, stößt er einen Schrei aus und . . .

Gregor [stürzt herbei, Fischer's Arm fassend]. Dönning war es!

Fischer [verblüfft]. Wie, bitte?

Gregor. Ich . . . verzeihen Sie . . . ich meinte nur . . .

Hölder. Aber lieber Director . . . [Zu Fischer] Warum erzählen Sie aber auch so 'was! . . . Lieber Director! Wie kann sich ein Mann, wie Sie, über solche Dinge noch aufregen! Freilich, Sie haben heute einen bösen Tag. Und ich weiß . . . so 'was macht nervös!

Gregor [den Brief couvertirend]. Nicht wahr? Sie haben Recht . . . ja, ja . . . vollkommen . . . [Wendet sich gegen den Hindergrund]

Fischer [halblaut]. Der? Und nervös? Das hätt' ich mir wahrhaftig nicht träumen lassen.

Hölder. Hab' ich es nicht gesagt? [In den Salon blickend] Aber mir scheint, man geht zu Tisch.

Fischer [erschrocken]. Allmächtiger! [Beide rasch ab.]

Neunter Auftritt

Gregor. Johann.

Gregor [ins Leere starrend]. Das Gesicht verzerrt . . . die Augen offen . . . das Haar zerrauft . . . [Ein Schauer überläuft ihn.] Und sie hat mich doch geliebt! Geliebt! Und ich . . .

Johann [geht, aus dem Salon zurückkommend, an ihm vorüber].

Gregor [auffahrend]. Johann! . . . Lassen Sie . . . diesen Brief . . . sogleich bestellen . . .

Johann. Jawohl, Herr Director! [Nimmt den Brief, will gehen.] Ich bitte . . . der Brief ist ohne Adresse.

Gregor. Ohne Adresse? . . . Richtig! [Nimmt den Brief und schreibt auf der flachen Hand, in seinem Gedächtnis den Namen suchend.] Frau . . Frau . . . Petersen . . . die Straße? die Straße? die Straße? Wie heißt nur die Straße? . . . Ja! [Schreibt.] Hier! Aber sofort!

Johann [nimmt den Brief und liest]. Frau Petersen ... [Ab.]

Gregor [greift sich an die Stirne]. Frau Petersen? . . . Warum an Frau Petersen? . . . Warum nicht an Helene? . . . Darf ich denn wissen? . . . Johann! Johann! [Eilt ihm nach, holt ihn unter der Thür der Vorhalle ein.] Geben Sie mir den Brief! [Reißt ihm den Brief aus der Hand.]

Johann. Soll ich vielleicht . . .

Gregor. Schon gut! Schon gut! [Steckt den Brief zitternd in die Tasche.]

[Im Salon beginnt Musik; eine Polonaise.]

Johann [sieht Gregor befremdet an; beim Beginn der Musik gibt er den Dienern in der Vorhalle einen Wink und geht mit ihnen rasch ab].

Zehnter Auftritt.

Gregor. Söllmann. Paula. Alexander. Günther. Hölder. Frau Hölder. Fischer. Frau Fischer. Baron Rovella. Leonie. Dr. Hildebrand. Gäste. Johann und die vier Diener.

[Die einzelnen Paare treten aus dem Salon in folgender Ordnung auf: 1) Paula mit Commerzienrath Hölder, zum Tisch links; 2) Frau Fischer mit Alexander, zum Tisch rechts; 3) Frau Hölder mit Baron Rovella, zum Mitteltisch; 4) Leonie mit Günther, zum Tisch rechts; Sensal Fischer und Dr. Hildebrand, der Erstere zum Mitteltisch, der Letztere zum Tisch rechts Drei stumme Paare treten über die Estrade auf, zwei zum Tisch rechts, eines zum Tische links. Den Auftritt begleiten folgende Reden, von denen jede, ohne Rücksicht auf die andere, mit dem Auftritt der betreffenden Person beginnt, so daß schließlich ein wirres Durcheinandersprechen entsteht.]

Hölder. Nein, nein, glauben Sie mir, liebes Kind, da dürfen Sie ganz unbesorgt sein. Solche Dinge haben nur für den Anfang ein so schlimmes Gesicht. Ich spreche aus alter Erfahrung. Ich habe diese Strikegeschichten schon ein paarmal mitgemacht. Und glauben Sie mir . . . ꝛc.

Alexander. Zum Küssen, gnädige Frau!

Frau Fischer. Wirklich? Schmeicheln Sie nicht ein wenig?

Alexander. Aber was denken Sie? Ich bin doch eine anerkannte Autorität in allen Toilettenfragen, und wenn ich Ihnen sage, Sie sehen zum Küssen aus, dann dürfen Sie auch . . . ꝛc.

Baron Novella. Das war beim gestrigen Rennen genau dieselbe Geschichte, wie beim letzten Derby. Das Publikum hatte Unsummen auf den künstlich poussirten Favorit gelegt. Natürlich fielen die guten Leute wieder einmal herein.

Frau Hölder. Geschieht ihnen ganz recht! Man kann ja kaum mehr ein Rennen besuchen, ohne über Gevatter Schuster und Schneider zu stolpern . . . ꝛc.

Leonie. Sie haben den Roman nicht gelesen?

Günther. Nein, Fräulein. [Wendet im Vorübergehen das Gesicht nach Paula.]

Leonie. Aber alle Welt spricht von ihm, man muß ihn gelesen haben. Papa meinte freilich, das wäre keine Lectüre für mich. Aber man muß in Gesellschaft doch mitsprechen können. Und ich gestehe offen, falsche Prüderie ist nie meine Sache gewesen . . . ꝛc.

Dr. Hildebrand. Ich war heute wieder bei ihm. Ein hoffnungsloser Fall. Herzverfettung. Lange macht er es nicht mehr.

Fischer. Na, seine Frau wird aufathmen.

Dr. Hildebrand (lacht). Ich kann mir für eine junge Frau auch etwas Angenehmeres denken, als die schönsten Jahre am Krankenbett eines alten Mannes verbringen zu müssen. Haben Sie eine Ahnung, wo wir sitzen?

Fischer. Ich glaube, hier!

[Aus dem sich dämpfenden Durcheinandersprechen heben sich nun folgende Reden laut hervor.]

Frau Hölder. Lieber Alexander! Hier, bitte, hier!

Alexander. Verzeihen Sie, Frau Commerzienräthin, das dürfte wohl ein Irrthum sein.

Frau Hölder. Nein, nein, kommen Sie nur!

Alexander. Aber hier liegt doch meine Karte.

Frau Hölder. Hier, bitte, hier!

Dr. Hildebrand [zu Alexander tretend] Das ist ja mein Platz.

Alexander. Entschuldigen Sie... [Nimmt die Karte und liest.] Doctor Hildebrand ... das ist aber doch wirklich komisch! [Zu Frau Fischer.] Dunkle Mächte des Himmels ... [Zuckt die Schultern, geht zum Mitteltisch.] Wieder um eine Erinnerung ärmer!

Dr. Hildebrand [ihm nachrufend]. Viel Vergnügen!

[Alles nimmt Platz. Lautes Lachen und Sprechen.]

Gregor [kommt in mühsam erzwungener Ruhe von der Estrade herab nach vorne und geht zum Tische links].

Söllmann [erscheint links unter der Thür, nimmt neben Paula Platz].

Johann [und die Diener beginnen zu serviren].

Frau Fischer [stößt einen leisen Schrei aus]. Aber Doctor! Sehen Sie doch! Mein Kleid!

Dr. Hildebrand. Sauce Tartare! Völlig ungefährlich!

Frau Fischer. Ich danke! [Mit der Serviette wischend.] Die Commerzienräthin hat gewußt, warum sie sich gegen Sie gewehrt hat.

Dr. Hildebrand. Da haben Sie Recht!

Leonie [lacht laut].

Frau Hölder. Aber lieber Alexander! Seien Sie doch nicht so unaufmerksam! Soll ich denn verschmachten?

Alexander. Behüte Gott! [Füllt die Gläser.]

Fischer. Sie nehmen nicht, Baron?

Baron Novella. Ich bin ein leidenschaftlicher Angler. Aber Fische essen? Nein!

Alexander. Na, na, Baron, für eine Gattung Fische ist Ihnen der Geschmack noch immer nicht vergangen . . . für niedliche Backfische.

Fischer. Ohne Gräten. [Gelächter.]

Söllmann [erhebt sich].

Frau Hölder. Sssssst! Der Hausherr!

Dr. Hildebrand. Was? Jetzt schon?

[Es wird ruhig.]

Johann [links auf die Estrade steigend, winkt in den Salon. Die Musik bricht ab].

Söllmann [mit Ueberwindung, stockend]. Meine lieben Freunde! Gestatten Sie . . . ohne lange Rede . . . daß ich Ihnen Mittheilung mache . . . von der Verlobung . . . meiner Tochter Paula . . . mit meinem Compagnon . . Herrn Gregor Stark!

Alles [springt von den Sitzen auf; lärmende Bewegung. Zurufe von allen Seiten.] „Hört, hört!" „Nein, diese Ueberraschung!" „Gratuliere!" „Liebe, liebe Freundin, meinen herzlichsten Glückwunsch!" „Gratuliere, lieber Director!" „Nein, wer das geahnt hätte!" „Bravo!" „Hoch sollen sie leben!" [Beim Tische links bildet sich eine dichte Gruppe. Die Damen küssen Paula, die Herren schütteln die Hand Gregor's 2c.]

Alexander [ist eine Weile verblüfft gestanden; er schlägt die Hände ineinander, blickt auf Günther und eilt zu ihm]. Stephan! Ich bin ja wie aus den Wolken gefallen! Was soll denn das heißen?

Günther [ihn abwehrend, mit bebender Stimme]. Laß mich!

Alexander. Sag' mir, um Gotteswillen . . . wie ist denn das möglich?

Günther. Frag' nicht!

Hölder [schlägt mit dem Messer an das Glas].

Fischer. Hört! Hört!

Dr. Hildebrand [zu seinem Tisch zurückgehend]. Die Schleusen sind geöffnet!

[Ruhe tritt ein; Einzelne gehen an ihre Plätze zurück, Andere bleiben mit dem Glas in der Hand stehen, wo sie sich eben befinden.]

Hölder. Tief bewegt ... wirklich tief bewegt, meine theuersten Freunde ... steh' ich hier ... und ergreife das Wort ... als der Aelteste unter Ihnen ... leider! ...

Frau Hölder [seufzt].

Hölder. ... das Wort ... um ... ich glaube im Namen Aller zu sprechen ...

Baron Rovella [halblaut]. Bravo!

Fischer [gleichzeitig]. Stimmt!

Hölder. ... im Namen Aller ein Ereignis zu begrüßen, welches uns sehr überrascht hat! Aber noch mehr gefreut! Mein lieber, lieber Freund! Hier hast Du wieder einmal ... wie schon so oft ... mit Deiner glücklichen Hand den Nagel auf den ... den ... auf den ...

Dr. Hildebrand. Kopf!

Hölder. Getroffen! [Gelächter.] Lieber Freund! Was Du bist, was Du hast ... [Scherzend.] und es ist nicht wenig ... Alles verdankst Du Dir selbst, Deiner eigenen Kraft. Deshalb weißt Du auch die Kraft des echten Mannes zu schätzen ... deshalb hast Du auch diesen seltenen, jungen Mann gleichsam in unscheinbarer Hülle entdeckt, gleichsam ... gleichsam wie die Perle in der Muschel ...

Dr. Hildebrand [leise zu Frau Fischer]. Herrjeh! Jetzt wird er poetisch! [Gelächter.]

Hölder [in Anstrengung und Schweiß]. Ja, meine Theuren ... diesen seltenen, jungen Mann, der unserem verehrten Freunde gleichkommt an eisernem Fleiß, an zäher Ausdauer, an kühner Energie ... an Allem!

Mehrere Stimmen. Bravo! Bravo!

Hölder. Ja, meine Theuren ... in diesem holden Bunde paart sich liebliche Jugend mit stolzer Kraft, und edler Reichthum mit jenem Talent, dem der Weg zu den Höhen des Lebens offen steht ... offen steht! Es wird jetzt so viel von der Ausgleichung der Gegensätze gesprochen! So laß' ich sie mir gefallen, wie sie sich hier vollzieht! Das muß zu Glück und Gedeihen führen! Das ist doch wieder eine Lichtseite des Lebens, an dem man schon manchmal verzweifeln möchte. [Trocknet die Stirne.]

Dr. Hildebrand [leise]. Der hat Ursache ... mit anderthalb Millionen!

Hölder [in wachsender Hilflosigkeit]. Jawohl! Sehen Sie nur an! ... unser verehrter Freund, Herr Sensal Fischer ... der hatte, bevor er in dieses glückliche Haus kam, zufällig Gelegenheit, das Leben von seiner schwärzesten Seite zu beobachten.

Alexander [leise] Was will er denn?

Frau Hölder [leise]. Ich sitze wie auf Kohlen!

Hölder. Der kam dazu, wie man eben ...

Fischer [erschrocken]. Aber Commerzienrath! ...

Hölder. ... eine ... eine Selbstmörderin aus dem Wasser zog . . .

[Peinliche Bewegung unter den Gästen.]

Söllmann [legt die Hand auf Hölder's Arm].

Hölder [stotternd]. Ich bitte ... ich will doch Etwas sagen damit ... solch' ein armes, unglückliches Geschöpf ...

Gregor [welcher der Rede mit allen Anzeichen einer furchtbaren Erregung folgte, springt auf, mit verzerrtem Gesicht, zitternd, mit schrillender Stimme]. Das gehört nicht hieher!

[Alle Blicke richten sich auf Gregor, einen Augenblick herrscht lautlose Stille; über das Fenster zuckt der Schein eines fernen Blitzes; Frau Fischer stößt einen leisen Schrei aus und weicht vom Fenster zurück.]

Hölder [stotternd]. Verzeihen Sie ...

Gregor [überfliegt mit scheuem Blick die Gesichter, sucht sich gewaltsam zu fassen]. Nein ... verzeihen Sie mir .. daß ich Sie unterbreche ... daß ich dem Glückwunsch .. der nicht von ihrer Zunge will ... zuvorkomme ... mit meinem Dank! [Nach Athem ringend, mit erzwungenem Lächeln.] Ja ... Sie haben wahr gesprochen ... in diesem glücklichen Bunde ... [Will Paula's Hand fassen und greift ins Leere.] der mich emporführt ... auf die Höhe des

Lebens . . . auf der ich stehen will . . . ohne Zittern, ohne Furcht . . . [Fallender Regen beginnt leise zu rauschen; Gregor lauscht, seine Augen treten hervor, seine Stimme wird zum Lallen.] in diesem Bunde . . . den . . . die Liebe schloß . . .

[Die Erregung unter den Gästen steigert sich, die Einen sehen sich an, Andere flüstern.]

Frau Fischer [rafft ihr Kleid zusammen, halblaut, stotternd]. Der Wind treibt ja den Regen herein.

[Das Rauschen des Regens wächst.]

Gregor [den Arm nach dem Fenster streckend, heiser, angstvoll]. Das Fenster . . . das Fenster . . . [Alles blickt nach dem Fenster.] Ich bitte, das Fenster zu schließen . . .

Dr. Hildebrand [schließt das Fenster].

Gregor [mit Bewegungen, als stünde jemand hinter ihm, und er fände nicht den Muth, sich umzublicken]. In diesem glücklichen Bunde, bei welchem sich . . . wie so wahr gesagt wurde, Kraft mit holder Jugend paart . . . Reichthum mit . . . mit triefendem Haar und starren Augen . . . und . . . und freudigen Muthes geh' ich . . . meiner Zukunft entgegen . . . sie steht . . . schön und leuchtend . . . hinter mir . . und grinst mich an . . . und möchte reden . . .

[Eine stumme Bewegung des Schreckens geht durch die Gruppen der Gäste; Paula hat sich zitternd erhoben und weicht mit dem Ausdruck starren Entsetzens vor Gregor zurück; Söllmann tritt vor Paula hin, als wollte er sie schützen.]

Dr. Hildebrand [halblaut]. Der Mann ist krank . . . oder wahnsinnig . . .

Gregor. Aber sie hat keine Stimme . . . nur das Wasser! Das verwünschte! [Schlägt an seine Stirne.] Nein, nein . . . wenn ich mich umblicke, ist Alles leer . . . [Er wendet das Gesicht und taumelt zurück, den Champagnerkelch in der Hand.] Da steht sie . . . und streckt die Arme, und starrt mich an mit ihren glühenden Augen und grinst . . . und möchte reden . . . sprechen wider mich! [Heiser auflachend.] Fort! Fort mit Dir! Wenn Du Dich nicht ersäufen ließest . . . will ich Dich erschlagen . . . erschlagen! [Er stürzt zur

Estrade und schleudert den Champagnerkelch gegen die Glasthür; die Scherben klirren zu Boden, die Gäste stehen, auf Gregor blickend, in lautlosem Entsetzen. Gregor richtet sich auf, starrt um sich und fährt mit der Hand nach der Stirne.]

Paula [in qualvoller Angst]. Stephan! Rette mich vor diesem Menschen! [Flüchtet über die Bühne und klammert sich an Günther's Hals.]

Gregor [taumelt nach vorne; er scheint zu begreifen, was geschehen, sein Gesicht verzerrt sich, mit lallender Stimme]. Sie hat ... gesprochen ... [Seine Hände greifen in die Luft, er will zur Thür fliehen. In der Vorhalle entsteht ein Tumult].

Elfter Auftritt.

Die Vorigen. Dönning.

Dönning [hinter der Bühne, schreiend]. Herr Stark! Herr Stark! [Er erscheint in der Vorhalle, verstört, todtenblaß; die Diener suchen ihn aufzuhalten, er reißt sich los.] Herr Stark! Ein Unglück ... [Gregor erblickend, verstummt er.]

Gregor [hat die Stufen erreicht; bei Dönning's Anblick taumelt er mit heiserem Laut zurück, seine Glieder versagen, die Hände machen noch eine zuckende Bewegung nach dem Herzen, dann stürzt er leblos zu Boden. — Die Gäste drängen sich mit einem Laut des Entsetzens um ihn her; Söllmann steht regungslos zur Seite.]

Dr. Hildebrand [wirft sich neben Gregor nieder, nach kurzer Pause steht er auf, zuckt die Schultern, hebt die Arme und läßt sie wieder fallen]. Todt!

Söllmann [wendet sich ab und bedeckt das Gesicht].

Paula [bricht an Günther's Brust in krankhaftes Schluchzen aus].

Der Vorhang fällt.

Ende.

www.ingramcontent.com/pod-product-compliance
Lightning Source LLC
Chambersburg PA
CBHW022140020726
47496CB00008B/2481

* 9 7 8 3 7 4 3 6 4 3 8 6 4 *